le rocher apprivoisé

Texte et illustrations de: Jacqueline Bouchard

Cet ouvrage a bénéficié de subventions du
ministère des Affaires culturelles du Québec

ISBN 2-89084-006-9

Dépôt légal, Bibliothèque nationale du Québec
4e trimestre 1979.

Jacqueline Bouchard

le rocher apprivoisé

Les Éditions La Liberté
3020, chemin Sainte-Foy,
Sainte-Foy, Québec, G1X 3V6

Remerciements

À vous toutes, vous tous,
qui m'avez assistée dans l'élaboration de mon projet,
qui m'avez soutenue et facilité la tâche,
qui m'avez communiqué science, expérience
et critiques opportunes,
qui m'avez aidée dans la transcription et la correction de
mon manuscrit,

À vous, gens de la Côte-Nord,
qui m'avez accueillie en m'offrant hospitalité
et renseignements,
manières et moyens de connaître la beauté de votre pays,

J'exprime ma profonde reconnaissance.

Avertissement

Certains noms de personnes et de lieux ont été puisés dans la réalité. Cependant, ils sont employés ici dans un contexte purement fantaisiste où les descriptions et les événements demeurent imaginaires. Toute ressemblance avec des gens ou des faits existant ou ayant déjà existés ne serait que simple coïncidence.

À ma mère, à mon père

— DES JUMEAUX À PETITE-BALEINE

Ciel épais, mer blanche.

Après quatre heures de navigation, le Fort-Mingan arrive au terme de sa course. La vibration des machines cesse; un silence singulier s'empare du bâtiment. Emportée vers la côte par son élan, la masse de métal glisse sans bruit sur des masses d'eau calme. Malgré la visibilité nulle, le navire se déplace à vitesse constante. Son étrave aveugle froisse et déchire un triangle d'écume salée qui s'effiloche en lambeaux clairs le long des flancs rouges.

L'air semble spongieux, imbibé de mer. L'humidité pénétrante persiste mais le vent devenu léger s'imprègne d'une saveur particulière. Surgissant du brouillard, un îlot rocheux passe à droite des passagers, tout nu. La terre manifeste sa présence.

Les personnes demeurées dans leur cabine interrompent leurs occupations et sortent retrouver les autres voyageurs sur le pont avant. On ne distingue pas encore le village; le bateau, tel un enfant prodigue impatient, signale son approche à travers la brume que les gens scrutent au bon endroit ou dans la mauvaise direction selon qu'ils sont du pays ou étrangers. Certains parviennent à destination. Ils récupèrent leurs biens dans la chambre des bagages, sous la surveillance polie des employés en uniforme.

Le temps de réunir valises et famille, on lance déjà les amarres. Les arrivants se pressent naturellement près de la passerelle sur le point d'être installée. Ils peuvent voir défiler sur le débarcadère, avant que tout ne s'immobilise, des visages familiers curieux et réjouis: c'est le comité d'accueil traditionnel, les villageois assistant nombreux à l'accostage du Fort-Mingan.

Après d'interminables mois d'hiver, un printemps tardif a frayé son chemin dans la baie scellée sous les glaces. L'eau recommence à danser devant les maisons de Petite-Baleine, des jappements de loups-marins aux lèvres et des cris de canards plein la tête. En cette cérémonie de mai, sur un tapis de mer décolorée, le premier bateau de la saison fait son entrée.

Désormais, on dépendra moins des caprices de la nature, de l'avion cinq jours attendu ou de l'hélicoptère apparu sans prévenir. Les routes d'eau s'ouvrent à nouveau et le village regarde ailleurs, s'étire, secoue sa léthargie. Avec les revenants, les nouvelles, les denrées sèches, la boisson et les aliments presque frais provenant de Sept-Îles, on se branche pour l'été sur une autre longueur d'ondes.

Monia et Martin Monger n'espèrent point de visiteurs mais ils entendent eux aussi fêter l'événement. La directrice a modifié l'horaire de l'école pour la circonstance. Après la classe de français, très excités, les jumeaux de douze ans ont chaussé leurs grandes bottes et gravi le Morne de l'Ouest afin d'atteindre plus rapidement le quai construit hors du village.

Quel défi ! À force d'enfoncer dans la mousse spongieuse, à force de démêler, d'écarter les branches rigides des arbustes, les voilà au bout du compte épuisés et trempés.

Le bateau est là, retenu aux taquets, bête fière apprivoisée rêvant de partances perpétuelles. Docile pour l'instant, il se repose, le ventre bourré d'articles variés. Pendant plus d'une heure et demie, les griffes d'une grue plongent dans la cale béante, fouillent, agrippent les produits envoyés à Petite-Baleine. On dépose la cargaison sur le quai puis on la transporte à l'intérieur de l'entrepôt voisin à l'aide d'un chariot-élévateur. Justement, le conducteur de l'appareil débute dans le métier ; il a énormément de peine à saisir les poteaux encombrants commandés par l'Hydro. Monsieur Marcoux ne quitte pas des yeux sa nouvelle camionnette : elle se balance dangereusement à cinq mètres du sol, suspendue à un crochet géant.

Des indiennes plaisantent en montagnais : elles observent un employé de l'Agence Maritime et le trouvent visiblement sympathique. Bien que ce ne soit pas la saison, elles traînent un sac rempli de mocassins et de colliers pour vendre à d'éventuels touristes ; l'artisanat, le joli prétexte à se distraire ici !

Monia et Martin déambulent au milieu des gens, des marchandises, des opérations de déchargement. Fascinés, ils se soucient peu de leurs vêtements mouillés.

Une pluie fine cependant commence à obscurcir le paysage. Les spectateurs se regroupent et s'acheminent vers Petite-Baleine. Des véhicules garnis de passagers prennent le chemin du retour. Ils croisent au passage des retardataires qui se dirigent vers le quai afin d'expédier ou recueillir des colis. Quelques personnes s'attardent jusqu'à la partance du Fort-Mingan, certains par affaires, les autres par divertissement.

Émue, Monia regarde bouillonner l'eau claire brassée par l'hélice puissante du bateau. Serait-ce le vide créé par le départ du navire? Lorsque ce dernier, dos à la côte, s'éloigne entre les îles, les deux enfants réalisent subitement qu'ils sont transis. Laissant derrière eux le chariot-élévateur exécuter ses dernières manœuvres, ils se hâtent de gagner leur demeure. Pour rejoindre le village, ils ont deux kilomètres à parcourir sur la route, ravinée et creusée d'ornières à cette période de l'année: ils préfèrent cependant enjamber quelques trous plutôt que d'escalader le morne une seconde fois.

Malgré la gymnastique imposée par le piètre état du terrain, frère et sœur conversent avec animation. Le Fort-Mingan a ouvert la porte d'une saison neuve; il a pénétré les mémoires en hivernage. Comme un ami retrouvé remuant des souvenirs, le bateau amarré a libéré dans l'imagination de Monia de beaux morceaux de soleil et d'enfance qu'elle assemble en courtepointe de joies pour les trois mois à venir. Elle découpe des carrés de forêt à explorer, des triangles de lacs et de savanes où poser des collets, elle taille des ronds de plaine regorgeant de berries à cueillir et de longues bandes de rochers pour écouter la mer ou ramasser des crustacés. Une surpiqûre de vent salé zigzague sur son œuvre festonnée d'une dentelle de barques blanches.

Voilà ce qu'échafaude Monia en roulant des cailloux sous ses semelles. Voilà ce qu'elle explique à Martin en sautant adroitement les flaques d'eau qui viennent à leur rencontre. Et voilà pourquoi la tristesse l'empoigne brusquement: son frère ne la suit pas. Bien sûr, il marche tout à côté, ses pas accordés aux siens, contournant ou franchissant les mêmes obstacles au même moment, trottinant ici, ralentissant par là. Mais il ne partage pas ses sentiments. Les mains au creux des poches, le regard fixé sur l'avenir, il songe à ses exploits futurs.

I — UNE DENT D'OURS

Depuis plusieurs semaines, le monde tourne à l'envers. Martin préfère la compagnie de ses amis Gabriel, Frédéric et Stéphane à celle de Monia, sa complice de toujours. Organiser des activités communes semble devenu impossible. Auparavant, chaque époque de l'année donnait lieu à des expéditions plaisantes.

Le printemps passé, il y avait eu la chasse au loup-marin, un superbe dimanche d'avril réchauffé de soleil. La mer bleue, presque noire, berçait un troupeau de banquises d'une éblouissante blancheur.

Détachées des glaciers du nord, ces dernières viennent errer dans le détroit de Belle-Îsle comme des bêtes épuisées en débandade, soumises aux caprices du vent qui les ballotte à son gré d'une région à l'autre. Elles passeront des jours immobiles puis s'emballeront en quelques minutes: se bousculant, s'empilant, se broyant mutuellement, elles constituent alors un redoutable étau capable d'emprisonner les barques et de les entraîner au large.

Cet après-midi-là, les glaces étincelantes se prélassaient en offrant au soleil leurs parois neigeuses ou translucides; certaines, turquoises, ressemblaient à d'énormes cristaux d'azur. Minés par leur périple mouvementé, les joyaux se désagrégeaient, s'effritaient, se pourfendaient, éclataient en grondant sourdement. Des quartiers gigantesques sombraient parfois dans les flots en soulevant une trombe d'écume. Au loin, une baleine propulsait son jet intermittent. Des volées de canards frémissaient dans le ciel clair: moyac, kakawi, macreuse à ailes blanches, canard noir ou sarcelle. Un vent mordant fouettait les visages.

Amédée menait la barque pendant que les amis emmitoufflés sondaient les vagues miroitantes, les yeux brûlés par la lumière. Une bande de loups-marins surgit entre les banquises, évoluant hors d'atteinte des balles. On ne pouvait qu'admirer leurs ébats ponctués de jappements joyeux, l'élégance de ces nageurs plongeant et glissant en souplesse à la surface. Monsieur Monger accosta un glaçon flottant. On mit pied sur ce ponton original léché par la mer. On patienta. Plus tard, la tête d'un phoque curieux émergea du clapotis de l'eau. Il inspectait les alentours de ses grands yeux sombres brillant comme du verre, les narines dilatées et les moustaches luisantes. Le

coup partit. Tout le monde sauta dans l'embarcation. Amédée ramait de toute la force de ses bras afin d'attraper la bête avant qu'elle ne s'engloutisse. L'animal de forte taille, un gros loup-marin gris, exigea bien des efforts pour être hissé à bord. On criait, on riait, l'excitation des passagers était à son comble. On apprécia la belle fourrure lustrée de la prise, pourtant moins recherchée que celle des jeunes brasseurs. Monia caressait respectueusement la tête de la bête; son père savourait déjà le pâté que sa femme confectionnerait. Ce fut une journée heureuse.

Il y avait aussi les coques, au printemps. Quand les grandes marées découvraient bien bas la plage, les jeunes partaient armés d'un seau et d'une pelle à la recherche de ces petits crustacés enfouis dans la vase. Un orifice permet à ceux-ci de respirer au creux du sable, trahissant leur présence. L'an passé, la récolte s'avéra excellente. Les jumeaux et leurs amis s'aventuraient loin sur la baie, régulièrement surpris par l'eau montante. Ils s'empressaient alors de rebrousser chemin, encombrés par le poids des récipients chargés de coquillages. Le groupe rentrait content mais fourbu d'avoir patiné sur la glaise, de s'être embourbé et d'avoir escaladé les glaces échouées.

Cette année, hélas, aucune excursion semblable. La bande se disperse. Du reste, Monia ne s'en plaint qu'à demi car le comportement de ses camarades la rend perplexe et méfiante. Chacun agit simplement s'il la rencontre par hasard mais, en groupe, les personnalités se modifient: les garçons se métamorphosent en étrangers distants et gênants. On raconte des histoires sur les filles en s'esclaffant d'une manière affectée et Monia ne parvient jamais à trouver drôles ces blagues plutôt niaises. Surtout, elle ne supporte pas la suffisance : on ne ménage pas les vantardises, on se bouscule rudement pour déterminer un gagnant. Quel verbiage !

À la maison, quand les hommes discutent chasse et pêche autour de la table, Martin s'asseoit avec eux. Monia aimerait bien, elle aussi, être admise à ces longs palabres où s'enchaînent des récits extravagants et quelquefois dramatiques. Mais par une espèce de convention difficile à contrer, on ignore gentiment sa présence lors de ces échanges. Après de vaines tentatives d'intégration, elle ne peut se résoudre à joindre le cercle des femmes jasant dans un coin de faits apparemment sans éclat. Se tenant sagement à sa place, non loin des visiteuses, ne perdant rien de ce que rapportent les conteurs, elle se cantonne entre deux camps, solitaire et déçue.

Martin met beaucoup de vanité à exposer ses propres expériences. L'oncle Fred l'adore. Ce frère de madame Monger loge chez sa sœur pendant sa convalescence. Il s'est cassé le bras en chutant sur une banquise lors d'une poursuite de loups-marins. Ça ne l'empêche pas d'initier son neveu à la chasse au canard et au gibier de forêt. Il lui a offert un cadeau : une grosse dent d'ours que Martin porte orgueilleusement au cou, enfilée sur un lacet de cuir.

— Cette canine provient d'un animal très spécial, lui avait chuchoté Alfred Guillemette en déposant l'objet au creux de sa main.

Il s'était tu, certain de l'effet produit, affectant une indifférence absolue pour la curiosité de Martin. Il retardait malicieusement le moment d'expliquer cette révélation aussi loconique qu'excitante.

— L'ours est bien la bête la plus imprévisible que l'on puisse rencontrer, dit-il enfin.

Le jeune auditeur redoubla d'attention. Le conteur poursuivit :

— Cet été-là, à la Romaine, un ours de forte taille avait pris l'habitude de piller le dépotoir du village. Il ne s'aventurait guère au-delà de l'amoncellement de déchets. Cependant, plusieurs craignaient pour la sécurité des enfants empruntant quotidiennement le sentier du Petit lac, à quelques mètres de là. Les chasseurs profitèrent de l'occasion ; ils engagèrent sans tarder des paris, chacun prétendant être celui qui débarrasserait la Romaine du chapardeur. J'étais naturellement du nombre. Durant un semaine, tous les soirs, je patientai sans succès près des vidanges. La sixième nuit, Ephrem Dansereau suggéra de m'accompagner et j'acceptai.

La narration s'anima subitement ; Guillemette, emporté par sa verve, plongea dans son propre récit :

— À la brunante, nous nous postons de part et d'autre de la clairière. Nous attendons. Dix minutes s'écoulent... Je vois soudain une masse sombre bouger sur la butte, derrière Ephrem. Ça avance lourdement, en se balançant de droite à gauche. Pas de doute : voilà notre ours ! Il se dirige droit sur mon ami qui surveille le dépotoir avec des yeux de lynx et l'immobilité d'un hibou. Je n'ose crier et risquer de mettre la bête en fuite, croyant bien que Dansereau finira par l'apercevoir. L'animal descend toujours, silencieux et menaçant. Cela devient dangereux. Si je tire maintenant, je risque de blesser mon compagnon. Je gesticule comme un beau diable, faute de mieux. Je perds mon temps : la nuit tombe et c'est à peine si je distingue le bonhomme. Avant qu'il ne soit trop tard, je sonne finalement l'alarme d'une voix de stentor : « Derrière ! » Ephrem détourne la tête, découvre la bête qui s'arrête à trois mètres de lui, méfiante. Il saisit cet instant pour armer soigneusement sa carabine. L'ours n'hésite pas longtemps. Il se dresse en un clin d'œil sur ses pattes, énorme, agressif. Bang ! Dansereau l'abat, d'une traite, au moment précis où le monstre allait l'écraser.

Suspendu aux lèvres de son oncle, Martin mit quelques secondes à réintégrer la réalité.

— Alors, demanda-t-il en caressant l'ivoire, il s'agit de cet ours-là ?

— Ah ! Mais non ! Pas du tout ! s'étonna sincèrement l'auteur de l'anecdote, comme si l'auditoire devait nécessairement capter le cheminement de sa pensée.

— Je pensais...

— Mais non, contesta Fred Guillemette. L'ours auquel appartenait cette dent était un ours vraiment particulier. En vérité, il a bien failli avoir notre peau.

Il s'enterrompit un instant, passa sa main usée sur la rude barbe de son visage. Il cherchait la manière de débuter son récit. Il frotta finalement ses paumes l'une contre l'autre:

— Cela remonte maintenant à une dizaine d'années, lors d'un séjour chez Théodore Marcoux, à Natashquan. Mon ami tentait vainement, depuis un bout de temps, de pincer un ours qui rôdait autour du village. L'animal paraissait sorcier: déjouant tous les pièges, il s'enfuyait avec les appâts. Théo oscillait entre le découragement et la colère, probablement humilié d'être berné par un ours. Il me pria de l'aider à capturer son rusé voleur. Je relevai le défi. Nous montâmes en forêt inspecter le piège. Tandis que j'examinais l'engin, mon ami me décrivait les nombreux changements opérés sur la disposition des appâts dans l'espoir de coincer le gibier, variantes aussi diverses qu'infructueuses. J'écoutais attentivement en étudiant l'endroit. Je réfléchissais. Je lui proposai enfin la solution suivante: suspendre la viande à une branche, camoufler le piège immédiatement dessous puis attendre le prédateur, à l'abri dans un arbre voisin. Ma suggestion satisfaisant Théo, nous nous attaquâmes scéance tenante à l'édification de la plate-forme qui servirait de point d'observation. Cette besogne achevée, nous redescendîmes au village quérir l'attirail nécessaire à notre chasse nocturne. Entre chien et loup, l'installation du guet-apens terminée, nous grimpâmes confiants jusqu'à notre perchoir, bien résolus à réussir le coup.

L'oncle fit une pose, ce qui piqua l'intérêt de Martin et lui signifia que le dénouement approchait.

— La nuit fraîchit vite dans le bois. Notre radeau suspendu s'avérait exigu et peu confortable. Il fallait synchroniser les mouvements en évitant les gestes brusques sous peine de passer par dessus bord. Nous prîmes deux bonnes heures pour nous adapter à notre carré de plancher, bavardant et épiant les moindres manifestations de la forêt: craquements de branches, mugissement du vent, froissements de feuilles, dégringolades de roches, battements d'ailes, cris d'animaux. La fatigue nous gagna lentement et nous nous endormîmes d'un sommeil léger, sous un ciel sans lune. Un grognement furieux, accompagné d'un cliquetis de chaînes, nous réveilla à l'aube. Le tremblement du sol identifiait facilement le prisonnier. Enragé par la morsure du piège, ce dernier n'avait pas encore détecté notre présence. Nous avions donc tout le loisir de le bien viser, de le tuer proprement afin d'abréger ses souffrances et de l'empêcher de s'enfuir. Nous devisâmes un moment pour déterminer à qui reviendrait l'honneur. Théo, tremblant d'excitation, mit l'animal en joue et tira. L'ours s'effondra sur-le-champ. Tandis que mon compagnon se précipitait au bas de l'arbre, j'observais la grosse masse de poils inerte. Un malaise indéfinissable m'envahissait. Juste à ce moment, Théo se penchait sur l'animal immobile et soulevait sa patte de devant. Alors j'ai compris mais trop tard: je n'ai pas même eu le temps d'ouvrir la bouche pour le prévenir. Miraculeusement ressuscité, le monstre avait saisi l'infortuné chasseur à bras-le-corps, le culbutait par terre et lui enfonçait ses crocs dans l'épaule. Je réagis promptement: au risque de blesser Théo, je déchargeai mon arme dans l'échine de l'ours qui retomba

une seconde fois, réellement mort. Je sautai à côté du cadavre. La bête s'était écroulée sur l'homme blessé et j'eus toutes les peines du monde à le tirer de là. Heureusement, je le retrouvai vivant malgré une vilaine blessure au cou et des éraflures profondes au bras et au dos. Cet ours-là, finalement, nous l'aurons tué tous les deux !

Instinctivement, Martin mit la dent d'ours sur la table. Il crut un moment que le corps entier de son propriétaire se matérialiserait devant lui.

— Eh bien, fit-il, cette dent provient d'un animal coriace, en effet.

— Qu'en sais-tu ? demanda l'oncle Fred, surpris.

— Comment, ne me dites pas que votre histoire d'ours mort-vivant n'a rien à voir avec cette dent?

Alfred Guillemette lui adressa un regard taquin:

— Je te jure, la dent que tu possèdes fut le témoin d'une chasse exceptionnelle. Attends, laisse-moi me rappeler...

Martin rougissait, gêné de sa naïveté. Monsieur Monger et les autres invités éclataient de rire. Vexé d'avoir été dupe, le garçon en voulait presque à son oncle d'abuser de lui devant tant de personnes. Peut-être désirait-il ainsi le soumettre à une épreuve, évaluer la vivacité de son intelligence? Martin songeait tristement que le conteur devait être fort déçu de la crédulité de son neveu, qu'il regrettait probablement lui avoir remis ce cadeau dont l'adolescent se montrait indigne. Inquiet, il jeta un regard timide à cet homme admiré. Guillemette se contentait de plisser les yeux, impénétrable.

Madame Monger intervint à ce moment pour indiquer à Martin qu'il ne pourrait se lever le lendemain, qu'il était plus que l'heure d'aller dormir. En l'avisant de la sorte, elle offrait également une porte de sortie honorable à son fils qui ne savait trop comment avaler la plaisanterie. Au fond, il n'apprendrait jamais la vérité quant à cette fichue dent d'ours. Mais elle venait de Fred Guillemette et ce fait en lui-même valait toute une légende. Martin exprima sa gratitude pour le cadeau et gagna sa chambre avec fierté.

Monia veillait. Elle avait tout entendu, souriant du creux de son lit aux mensonges de son espiègle d'oncle. Le silence revenu, elle se retrouvait seule, les mains vides. Personne ne lui ferait jamais cadeau d'une dent d'ours. Personne ne songerait seulement à lui offrir un tel présent.

Du moins, c'est ce qu'elle croyait...

JOURNAL — LE VENDREDI 5 MAI.

Je me sens mal dans ma peau.

Une perpétuelle envie de pleurer me noue la gorge.

Lorsque les larmes montent et jaillissent sur mes joues, je m'abandonne doucement à ma peine. C'est chaud, cela défoule et réconforte. Voilà qui est étrange: j'ignore la cause exacte de ma tristesse mais j'arrive à l'apaiser à travers mes sanglots.

Je désirerais tellement prendre la vie en riant, devenir imperméable aux soucis, afficher une bonne humeur inaltérable, évoluer avec aisance parmi les gens. Ceux qui m'entourent semblent jouir d'un bonheur facile, sans chercher midi à quatorze heures. Ils ne s'éveillent sûrement pas moroses, un beau matin, sans pouvoir en exprimer la raison. En société, ils trouvent infailliblement la remarque ou la répartie appropriée à la circonstance. Comment peut-on continuellement paraître dégagé, sourire à tous, être à l'aise au milieu d'une foule de personnes? Moi, je suis la gaffeuse, la casseuse de veillée, celle qui bafouille au lieu de répondre, qui freine les rires en ajoutant la farce superflue.

J'aimerais seulement vivre solitaire au cœur de la nature, fuir la société et ses obligations sociales, cesser de surveiller constamment mon comportement.

J'ai l'impression d'être marginale, anormale. Mais nul ne réalise mon angoisse: je suis à part de tout le monde et tout le monde s'en fiche. Dans ces conditions, je n'oserais jamais me confier à quelqu'un. Qui se représenterait mes problèmes et accepterait d'y compatir?

Réellement, je ne comprends plus.

Rien n'est pareil: Martin, nos amis, les rencontres, les filles, les garçons, tout sonne faux.

Qui de nous a changé? Mon frère ou moi? Sommes-nous différents l'un et l'autre? Est-ce la faute des copains?

Martin fait la sourde oreille lorsque je suggère de l'accompagner dans ses expéditions, sachant combien cela m'intéresserait d'aller chasser ou pêcher. Inversement, il refuse de participer à des excursions qui l'enthousiasmaient récemment. Il évite ma présence. Parfois, uniquement se ballader à mes côtés l'agace: il en éprouve de la honte. Mille prétextes le justifient de sortir sans moi. Souvent, il se rend avec d'autres à l'endroit précis où je proposais une promenade. Il ne se gêne pas pour s'accaparer mes idées et en tirer ample profit alors que lui-même ne me fait jamais part des siennes.

Si monsieur fait peu de cas de la sensibilité d'autrui, il a par contre ses propres caprices qu'il faut ménager. Je m'étonne et me révolte de la tolérance de la famille à son égard car ses réactions exagérées et ses allures de matamore me donnent souvent le fou rire. Maman dit qu'il devient un homme, qu'il doit s'affirmer. Et moi alors? J'ai seulement le droit d'être douce, souriante, serviable et de me plier aux revendications de mon frère, sans broncher.

Martin devient plus bête de jour en jour. Au début, il jouait les durs entre camarades mais nous nous retrouvions encore pour parler. À présent, un écran nous sépare. Il juge puérils les divertissements qui m'attirent, lève le nez sur mon habillement, dénigre ma personnalité...

A-t-il raison? Devrais-je cesser de courir sur la côte et m'installer devant mon miroir? Et si cela était, pourrais-je paraître aussi charmante que mes amies? Tout leur réussit, à elles. Elles savent feindre l'indépendance ou ricaner juste à propos quand un garçon les aborde. Elles ne ratent aucune danse à la salle le samedi soir. Rien de surprenant, elles sont si populaires! Je n'ai aucun talent pour ce genre de choses. Si je me maquille ou coiffe mes cheveux, on me demande ce qui m'arrive. Chaque fois que j'essaie de m'embellir, mes efforts passent inaperçus ou je récolte des critiques désagréables. J'ai horreur des airs empruntés et les réunions de groupe me paralysent: je deviens affectée, superficielle. Je ne contribue certainement pas à l'agrément d'une partie et personne n'insiste pour m'inviter.

Au fond, je préfère demeurer seule.

Je ne suis pas convaincue d'avoir tort. Les filles se rendent ridicules avec leurs minauderies. Je réprouve leur comédie, leur soumission. Je refuse également d'admettre la supériorité de Martin.

Cela me plaît de rester libre, de choisir.

J'ai envie d'autre chose.

Quelque chose de SPÉCIAL.

II — L'AVENTURE DE MONIA

Aujourd'hui c'est samedi et jour de marché suite à l'escale du Fort-Mingan. Un passage du bateau répand toujours la manne sur la Compagnie de la Baie-d'Hudson: les comptoirs abondent en aliments frais et les étalages se couvrent de produits. Forcément, le premier voyage du printemps revêt une importance spéciale. Tôt le matin, Monia et sa mère se précipitent au magasin, pressées de choisir les meilleurs fruits et légumes. L'adolescente longe à contrecœur les allées déjà encombrées de clients, le vague à l'âme; elle souhaite compléter les achats en vitesse, puis gagner un rocher isolé où mettre un peu de sel sur son chagrin.

Martin et l'oncle Fred sont partis avant l'aube chasser le canard. Ils ne rentreront sûrement pas bredouilles. Madame Monger leur servira un repas bien chaud, quelle que soit l'heure, et ce soir, à la veillée, on commentera la journée. Est-ce la bruine ou l'impuissance qui mouille les cils de Monia? Aujourd'hui c'est samedi et, plus qu'à l'ordinaire, elle a besoin d'arpenter sans but les rivages tourmentés de Petite-Baleine.

S'étant acquittée de sa tâche, Monia enfile des vêtements confortables et se dirige vers la Pointe de l'Est. Elle a l'intention de couvrir une bonne distance. Par-delà la baie, on a des dizaines de kilomètres à parcourir sans rencontrer âme qui vive, seul avec la montagne et la mer. C'est précisément ce qui convient à la jeune fille. Ces randonnées lui redonnent de l'entrain. Peut-il en être autrement quand on laisse couler la petitesse de ses problèmes dans cette vaste nature qui nous habite?

Monia traverse le village, heureuse de s'appartenir. Elle va d'un pas décidé, les yeux au sol, réconfortée par la perspective de sa longue promenade. Parfois un bruit l'arrache à ses rêveries et l'incite à lever la tête.

Deux énormes chiens hurlants tirent sur leur corde, dressés sur leurs pattes de derrière. L'inactivité les rend-elle agressifs? Autrefois fiers travailleurs, efficaces par tous les temps, ils filaient en beauté sur la plaine lumineuse ou s'arc-boutaient vaillamment dans la neige molle afin d'accomplir leur devoir. Lorsque le blizzard aveuglant égarait leur maître, ils en ont sauvé plus d'un, les ramenant sains et saufs au foyer accueillant; d'autres fois, leur épais pelage

servait de rempart contre le froid lors des nuits inévitables passées à la belle étoile. Aujourd'hui on attache les derniers chiens du village car ils mangent les poules et les canards. Aujourd'hui la motoneige rapide facilite les déplacements. L'hiver ayant pétrifié les eaux, blanchi la terre et supprimé les terrains impraticables, des bandes joyeuses s'improvisent et se visitent d'un poste à l'autre. Peu importe d'où l'on vient, peu importe où l'on va. La réception est toujours chaleureuse ; il y a de la place et des victuailles pour satisfaire chaque visiteur. Naguère vécus dans l'isolement, les mois de froidure deviennent donc occasion de réjouissance. Évidemment, quand se lèvera la tempête, la machine ne conduira pas le voyageur perdu à bon port. La mécanique ne remplacera pas l'inépuisable et fiable chien de tête. L'essence coûte plus cher que le poisson ou le loup-marin dont se nourrit l'animal...

Le cri du propriétaire a fait taire les deux bêtes bruyantes.

Un vrombissement familier qui ne laisse pas de susciter de l'intérêt attire l'attention de Monia. Dans ces régions dépourvues de routes où les communications sont limitées et souvent interrompues à cause du brouillard, l'apparition d'un avion ou d'un hélicoptère cause aisément de l'émotion. C'est une lettre que l'on désire, un colis, des visiteurs attendus, des parents s'apprêtant à nous quitter. Un hélicoptère vient justement de sauter par-dessus la montagne et se dispose à atterrir entre l'église et le dispensaire de garde Françoise qui sort de chez-elle avec le vieux monsieur Anderson. Grâce à sa radio, celle-ci est assurée

d'obtenir un moyen de transport en cas d'urgence. Elle cumule les professions d'infirmière, de médecin, de pharmacienne, de sage-femme à l'occasion, et même de dentiste! Le pauvre monsieur Anderson monte dans l'appareil à reculons: ce n'est pas à quatre-vingt-six ans qu'on commence à voyager! On le transfère vraisemblablement à l'hôpital de Blanc-Sablon, le seul centre hospitalier de la Basse Côte-Nord. Françoise Dorion ferme la porte en rassurant une dernière fois son patient. Le pilote ajuste sa ceinture et l'hélicoptère s'élève d'un mouvement impeccable à la verticale, aspiré par le ciel. Un virage brusque et le voilà disparu. Les cheveux ébouriffés par le déplacement d'air, Monia poursuit son chemin.

Elle escalade bientôt la montagne derrière le village. La région porte encore ses teintes automnales que ranime un commencement de verdure: les feuillages du bleuet, de la graine noire et du thé du Labrador. De gros rochers arrondis émergent du tapis roussâtre formé par les plantes vivaces. Dans les dépressions abritées du vent, des épinettes rabougries et tordues poussent en pelotons excessivement denses, impénétrables.

À première vue, marcher parmi les broussailles s'avère relativement commode mais plus on chemine, plus les détours se font fréquents: un point d'eau, un trou de vase, une élévation. Le treillis de végétation basse camoufle parfois une crevasse indécelable.

L'expérience de Monia, toutefois, la mène lestement au sommet de la Pointe de l'Est. Face à la mer, elle reprend son souffle et s'attarde à jouir du panorama.

À droite, voilà Petite-Baleine et sa baie moutonnée d'îles. Un arc-en-ciel de cubes de bois réchauffe la courbe du rivage: c'est le chapelet des maisonnettes bâties à portée des flots, comme si la vague les avait déposées là.

À gauche s'étend l'Anse de l'Est où coule nonchalamment vers la mer le petit bras de la Washicoutai. Ce ruisseau étroit mais profond trace un labyrinthe de méandres dans les terres basses, façonnant autant d'îlots flottants. L'eau va et vient, esquisse des boucles, encercle une motte de foin ici, mouille un bouquet d'aulnes par là, dégage une berge plus loin; elle s'infiltre partout, certaine de ne rien oublier. Pour qui n'est point rompu à cet exercice, la traversée de la baie se révèle une entreprise fastidieuse et non sans risques. Il faut maintes fois retourner en arrière et vérifier constamment la résistance du sol, lequel vous joue souvent de vilains tours. Si les hautes herbes dissimulent le danger, les plages découvertes sont tout aussi hasardeuses. Bien des imprudents s'enlisent dans la bourbe qui invite traîtreusement à circuler sans peine.

« Nous verrons ça tout à l'heure » pense Monia. Pour l'instant, elle médite sur la trompeuse langueur du Petit-Bras. Quelle sérénité alors que là-haut, à chaque seconde, s'opère sa naissance dans une incroyable violence ! Cela se passe à trente kilomètres en amont, là où la montagne divise en deux branches la rivière Washicoutai, cette fougueuse indomptée qui arrive du nord en grondant, charriant ses eaux vierges droit sur la mer. Dans un fracas assourdissant de remous, de vagues et d'écume, le puissant cours d'eau proteste, éclate, bondit en furie au-dessus des écueils ou s'éventre contre les arêtes sombres. Peine perdue. À mesure qu'il gruge le roc, il s'y retranche davantage et le ravin l'emprisonne, le culbutant bientôt en deux cataractes sauvages aux pieds des conifères noirs, témoins silencieux d'une austère beauté.

Un des torrents, appelé Gros-Bras, aboutit non loin du quai derrière le Morne de l'Ouest; son embouchure large forme une baie limoneuse que la marée nettoie deux fois par jour. L'autre, le Petit-Bras, dégringole la falaise et côtoie la Pointe de l'Est jusqu'à cette anse où Monia le surprend à rôder.

Sans plus attendre, la jeune fille descend le talus et s'engage dans la savane, s'enfonçant bientôt parmi les buissons secs, les herbages et les canaux fuligineux où ondoient comme des tignasses des poignées de foin jaune. Elle avance sûrement mais lentement au milieu de cette végétation lugubre. Malgré sa connaissance du terrain, elle fait preuve de vigilance afin de s'éviter quelque mésaventure. En vérité, sa première promenade du printemps la saisit un peu rouillée. Ses jambes mal dégourdies manquent de souplesse. À deux reprises, elle a failli glisser dans l'eau froide en sautant d'une rive à l'autre. Ailleurs, elle retire à temps son pied qui allait s'engloutir dans la boue. Légèrement tendue, elle hésite, s'arrête, s'oriente, évalue les issues possibles. Cette progression pénible l'impatiente et dans sa hâte d'abandonner le marécage, elle s'expose à commettre des erreurs fâcheuses. Sa mauvaise humeur frise le dépit car son orgueil s'accommode mal de ces petites vexations. Dans les circonstances, elle n'accepte pas ce combat avec la nature où elle prétend se réfugier. Enfin, elle achève de tourner en rond et parvient soulagée sur la terre ferme.

Monia s'élance vers un monticule rocheux qui lui dérobera l'Anse de l'Est, la Pointe de l'Est, le village et ses soucis. Devant elle, à perte de vue et d'imagination, la brise souffle sur la solitude de la côte. Elle aspire l'air salin à pleins poumons, avalant avidement les effluves du large. Le ravissement et le vent ferment à demi ses yeux. La bruine boucle ses cheveux et rafraîchit ses joues roses. Tandis que ses pensées tanguent sur la houle, la jeune fille imprègne ses narines de l'odeur du varech et laisse déteindre en elle la couleur du paysage. La mer agite des flots ternes et l'air charrie des senteurs d'algues, de poisson, de brume.

Les rochers plats s'étalent dans l'eau à des niveaux inégaux, empilant pêle-mêle ou en gradins des masses de granit. Vu de loin, le rivage ressemble à un écheveau défait de rubans gris, ocres ou roses qui se déroulent, s'entrelacent, s'effilochent à l'horizon. Entre le voile blême des stratus et l'écharpe cendrée de la mer, la côte tire des lignes agressives, nettes, comme tracées à la plume. Une œuvre d'art. Une sculpture. Un visage de pierre dans lequel est scellée l'âme poignante du Grand Nord. L'adolescente contemple cette terre hostile. Elle se sent soudain forte et tendre, respectueuse et complice, avec l'impression d'avoir amadoué ces grands espaces libres qu'elle apprivoise depuis son enfance.

Toute à son bonheur, elle explore chaque repli de pierre, nourrissant toujours l'espoir de découvrir un objet précieux oublié par le temps ou l'océan. Plusieurs flaques émaillent les rochers, préservant une vie aquatique tranquille qui attend posément le retour de la marée. La nature a taillé ces bassins d'une manière originale: ils prennent l'allure de rigoles, de lacs miniatures ou, les plus étonnants, de figures géométriques presque parfaites. Penchée audessus de l'eau frissonnant dans la paume des rochers, Monia observe le sommeil des bigorneaux. Elle dégage du sable cristallin des débris de coquillages, en quête d'un spécimen rare. Hélas, ses meilleures trouvailles demeurent, tantôt l'écaille bleue d'une moule, tantôt la soucoupe rose d'une palourde: un maigre butin que les pêcheurs jettent quotidiennement aux ordures! Dans les criques à l'abri du vent, on voit miroiter d'autres trésors immergés sur le fond clair: des oursins, des rasoirs, des bérets basques, des méduses, des plantes marines ou des cailloux superbes.

Accroupie, le nez à ras du sol, l'adolescente détaille la forêt touffue des lichens. Ces parasites se sont emparés de la face de la roche, la recouvrant presque entièrement. En apparence inactifs, ils rongent sans répit leur hôte et l'effritent, transformant méthodiquement la morphologie du sol. Gris, vert pâle, jaunes ou noirs, ils vivent tellement intégrés à leur support qu'ils donnent l'illusion d'en être la coloration. Ces humbles plantes, vraisemblablement inutilisables, s'emploient à divers usages, notamment à la préparation d'infusions.

Le vol rapide d'un istorlet vient de distraire Monia. Elle se laisse charmer par les gracieuses arabesques de cette hirondelle de mer flairant quelque menu fretin sous le mouvement des vagues. Voilà! Un poisson étourdi frôle la surface et la récompense à l'instant de sa persévérance. La sterne s'envole prestement ingurgiter son repas, du côté de la cabane à Marcoux. Cette vieille remise abandonnée servait autrefois d'abri temporaire au pêcheur du même nom qui accostait à cet endroit.

Machinalement, la promeneuse grimpe la butte derrière laquelle s'est enfuit l'oiseau. De l'autre côté du mamelon, nulle trace d'oiseau ; mais elle découvre une impressionnante terrasse naturelle. Trois paliers la divisent en autant d'énormes marches conduisant à la mer. Monia ne résiste pas à la tentation de dévaler cet escalier inusité. Quel délice de courir sur ces dalles immenses ! S'étant amusée un instant à monter et descendre les degrés, elle s'assied sur le dernier, un lourd bloc de granit irrigué de veines de mica et de quartz. Le merveilleux des lieux stimule l'imagination et celle de la jeune fille vagabonde librement, voguant sur la mer, accostant au rivage après de douces errances sur le ciel ouateux.

Est-ce vraiment par hasard que l'événement se produisit à ce moment ?

Quelque chose émergea soudain du clapotis des vagues, à quatre mètres d'elle.

III — UN COMPORTEMENT ÉTRANGE

Ce soir, les visiteurs envahissent la cuisine. D'abord, le hasard a réuni trois couples de la parenté en début de soirée: Thérèse et le grand Phil Monger, Léontine et Cléophas Monger, Yvette et Adalbert Mercier. Midas s'est amené par la suite; une vraie surprise, après quatre mois d'absence. D'humeur joyeuse, dangereusement en forme, il s'est installé spontanément parmi les autres, enchanté de trouver là un si bel auditoire; il lorgnait déjà le quarante-onces de gin et la poitrine de tante Yvette.

Madame Monger a fini son ouvrage; il y a trois heures qu'elle fait la navette entre la table et l'évier, s'empressant de mettre les couverts, desservant discrètement, rangeant méthodiquement pour mieux recommencer. Elle a servi de généreux repas et casse-croûtes aux huit membres de sa famille ainsi qu'aux amis, ne voulant négliger personne, s'adaptant à l'horaire de chacun. Elle abat pareille besogne chaque fin de semaine, chaque fois que la chasse ou la pêche chambardent le rituel quotidien. Au reste, cela se produit fréquemment: et n'est-ce pas son métier de femme d'attendre l'homme et ses appoints?

Monia la seconde généreusement malgré sa réticence marquée envers les caprices de ses proches. Ce soir elle est heureuse, légère, confiante. Elle

s'intéresse au succès de Martin et de l'oncle Fred revenus du canard avec une quarantaine de prises qu'elle s'offre à nettoyer et préparer pour la mise en conserve. Elle converse abondamment avec ses tantes et rit de bon cœur devant les manifestations de Midas que les effets du gin, doublés par la présence des femmes, ont rendu loquace et démonstratif.

La veillée se prolonge, on cesse de brasser les cartes ; dans la fumée et l'odeur du tabac, des récits étranges prennent forme. Des histoires de revenants, d'apparitions, de guérisons mystérieuses.

Amédée parle de cette glaciale nuit d'hiver où son cométique glissait sur la baie gelée en direction de l'Île-aux-Phoques.

— J'allais à vive allure. Devant moi, rien que la neige immaculée qui fumait sous le vent. Une mer pétrifiée, creusée, ondulée, hérissée de pics fragiles façonnés par la poudrerie. L'attelage fonçait, faisant éclater les crêtes en gerbes de cristaux aussitôt balayés dans l'obscurité. La nuit était froide; la lune brillait comme un glaçon dans le ciel noir, illuminant tout ce blanc d'une lumière bleue. Agrippé au traîneau, je laissais filer les chiens, ballotté par mon véhicule, engourdi par l'air vif et le monotone chuintement des patins. J'avais relevé mon foulard au ras des cils pour me protéger des brusques rafales et de la brise constante qui m'aveuglait en m'emplissant les yeux de larmes. Il fut bientôt couvert de frimas. Malgré ces détails qui accaparaient mon attention, j'eus soudain l'étrange sensation d'avoir une présence à mes côtés. Cela me paraissait impossible: j'avais quitté Petite-Baleine fin seul et maintenu un bon train depuis le départ. Cependant, je ne pus m'empêcher de vérifier mon sentiment et tournai la tête à droite, puis à gauche. Rien. L'impression persistant, le besoin me reprit de regarder autour de moi. Rien. Bien que je répétai ce geste à plusieurs reprises sans résultat, je ne pouvais davantage ébranler ma certitude d'être suivi par quelqu'un. Quelqu'un ou quelque chose... Un malaise m'envahissait. J'avais hâte d'arriver. Je fixais mon objectif et faisais claquer le fouet pour accélérer la course des bêtes. Je me sentais de plus en plus nerveux au milieu de la baie déserte, blanche, immobile. L'Île-aux-Phoques ne bougeait pas en dépit de l'effort énergique des chiens. Elle demeurait aussi distante, aussi lointaine. On aurait dit que toute chose demeurait figée dans le même instant. L'action se déroulait comme à l'intérieur d'un cauchemar où la victime se débat furieusement mais sans effet contre une menace grandissante. Je commençais à ressentir le froid, je frissonnais... et réalisai subitement que le bout de mes pieds gelaient.

— Il a failli y perdre deux orteils, se permet d'interrompre Pauline Monger, mûe par la compassion.

— Donc, poursuit Amédée, je sentis le froid me saisir d'un coup. Et c'est alors que cela me dépassa à une vitesse incroyable. Un cométique que je n'avais jamais vu. L'homme... enfin, le passager, conduisait en manteau léger et ne paraissait pas souffrir des rigueurs de la température. La tête haute, raide contre le vent, il se déplaçait si vite que j'ai cru le voir flotter entre ciel et terre. Les chiens me frôlèrent silencieusement. Ils couraient à perdre haleine mais ne soulevaient pas le moindre brin de neige. Je les vis s'éloigner avec la même étonnante régularité, droit vers le large. Ils ne dévièrent point d'un cheveu et s'effacèrent à l'horizon. Ni moi ni personne ne les revit et Dieu seul sait d'où ils venaient. Dieu ou bien... Un fait certain, la chaleur regagna mon corps dès que ce traîneau disparut au loin. Mes propres chiens bondirent en avant, animés d'un souffle inattendu. L'Île-aux-Phoques se mit à grossir en un clin d'œil, comme si elle voulait rattraper le temps écoulé...

Des images affluent dans la tête de Monia. Elle n'entend pas les commentaires de l'assistance émettant des hypothèses sur l'identité du mystérieux inconnu. L'adolescente est ailleurs, hors de la cuisine, sur un rocher humide de la côte.

La voix d'Adalbert la ramène à la réalité:

— ...il y a de cela trente-deux ans... j'en garde une cicatrice, de la vraie peau de bébé, fine et rose...

Afin de corroborer ses dires, il dénoue posément les lacets de sa bottine, écarte son bas, exhibe la marque pâle qui fait l'objet de son récit. Satisfait, il continue en se rechaussant :

— Nous bûchions dans la montagne, Rodrigue Nadeau et moi. Un matin, par une malchance du diable, voilà que la hache glisse de travers et me tranche le cou-de-pied. Je l'avais pratiquement coupé en deux, le sang pissait partout. Rod préparait le dîner à l'intérieur du camp : j'ai eu le temps de lui crier avant de m'évanouir. Lorsque je repris connaissance, j'étais allongé sur ma paillasse, bien pansé ; n'eût été de la douleur, la seule vue du bandage propre aurait suffi à me rassurer. Rod s'affairait autour du poêle à préparer un mélange d'eau bouillie et de cendres pour désinfecter la plaie. Il me tournait le dos et je voulus profiter de cet instant pour examiner ma blessure. En effet, l'absence de sang m'intriguait énormément. J'étais persuadé qu'un phénomène s'était produit durant ma perte de conscience. Un phénomène relié à mon compagnon et dont celui-ci répugnerait à parler. Je déroulai soigneusement le morceau de linge ; je grimaçais mais évitais de me plaindre. Le tissu enlevé, mon pied apparut, ouvert jusqu'à l'os. Le plus extraordinaire, cependant, demeurait l'aspect de la chair près de la coupure. Pas une goutte de sang ne s'échappait des tissus. Aucune trace de caillots, de coagulation. Au contraire, les bords de l'entaille étaient blêmes et nets comme si le sang s'était résorbé de l'intérieur. « Eh bien, dis-je à

Rodrigue, j'ignorais que tu arrêtais le sang.» «Je ne m'en vante guère, répondit-il, mon père m'a légué ce don et je ne l'utilise qu'en cas d'urgence.» Je promis de taire l'affaire mais le médecin qui me recousit le pied plus tard s'en chargea. Assurément, c'était la première fois qu'il recevait un patient dans mon genre. D'une façon, son bavardage me libéra de ma dette de reconnaissance sans que j'aie à trahir mon serment. Il me paraissait juste que tout le monde sût à qui je devais la vie. Nadeau m'avait sauvé de la mort. Sans lui, certainement, je me serais complètement vidé de mon sang. Nous nous trouvions à une journée de canot et de portage du village.

Voilà quelques instants déjà que Monia n'écoute plus l'histoire d'Adalbert. Troublée par son aventure de l'après-midi, elle se concentre difficilement, perd le fil de la conversation. Rivée à sa chaise depuis le début de la soirée, elle enregistre apparemment chaque détail des longues narrations mais la chaleur qui enflamme ses joues et l'ivresse qui anime son regard n'ont rien à voir avec ce qui se dit là.

Le grand Phil tire sur sa pipe en observant Cléophas qui roule des yeux humides. Quand il boit un verre de trop, ce dernier ressasse une terrible aventure vécue un automne il y a deux ans. «Pas de retour avant un mois!» avaient-ils claironné en quittant le village pour monter dans le bois. Au bout d'une quinzaine de jours, le résultat du trappage s'avère suffisant, on pense à revenir. On remplit le canot: peaux, vivres, vêtements, fusils. Et puis survient le drame: une manœuvre téméraire et le torrent impétueux entraîne le canot et son précieux contenu, laissant ses occupants prisonniers d'un îlot chauve au milieu de la rivière. Le salut est à trois mètres, sur la berge voisine malheureusement inaccessible à cause de l'intensité du courant et de la force des remous. L'embarcation, on la retrouvera intacte au cours des recherches. Mais on ne secourrut les chasseurs que deux semaines plus tard, date prévue de leur arrivée. Deux semaines à souffrir le froid, la faim et le désespoir autour d'une flamme vacillante maintenue grâce à des brindilles.

Personne ne tient à raviver les tristes souvenirs de Cléophas. Tante Yvette détend l'atmosphère; elle cite les meilleures blagues de son arrière-grand-père, le célèbre Jos Hébert, qui faisait courir un poêle à deux ponts autour de sa maison pour éloigner les voisins indiscrets. On discute du cas récent de Brigitte Monger, miraculeusement guérie d'une affreuse rage de dents lors d'une conversation téléphonique avec Phidelem Jones, habitant à deux cents kilomètres de là.

Midas a ponctué régulièrement la causerie de ses commentaires. Le voilà qui prend la parole pour de bon, l'air brusquement sérieux. Il s'allume une grosse pipée, repousse son verre vide du revers de la main et, légèrement penché en avant, il s'embarque dans un long monologue sur un ton de confidence.

Monia écoute attentivement ces contes effrayants de Midas qui donnent froid dans le dos. Ensuite, le moindre bruit vous fait sursauter, les craquements familiers deviennent alarmants, on jette des coups d'œil angoissés à la fenêtre noircie par l'obscurité.

Cette nuit, la jeune fille entend sans s'émouvoir les descriptions du vieil homme. Séduite, elle se délecte intérieurement de sa propre expérience. Rien ne lui semble plus extraordinaire. Et bien qu'elle brûle de tout raconter, elle préfère se taire afin de sauvegarder la pureté de son secret.

Le lendemain, Monia retourne sur les rochers.

Les samedi et dimanche suivants également.

Depuis un mois, elle consacre tout son temps libre à cette occupation. À tel point qu'elle commence à intriguer son entourage, pourtant accoutumé aux équipées de Monia. Madame Monger déplore l'égoïsme de sa fille: celle-ci passe le plus clair de ses journées à rêvasser, collaborant de moins en moins aux tâches ménagères. Elle s'éclipse habilement quand on a besoin de ses services ou se confie longuement à son journal, réfugiée dans le sanctuaire de sa chambre. D'ordinaire, elle demeurait rarement à l'écart, son divertissement favori consistant à s'immiscer dans les propos d'autrui. Non seulement cela ne l'amuse plus, mais elle évite la conversation, même avec ses parents. Aussitôt satisfaits ses besoins essentiels, la maison ne l'intéresse pas. Ses relations familiales se bornent à dormir et manger sous le toit maternel. En dépit de cela, l'inquiétude davantage que l'irritation tourmente madame Monger. Le comportement de Monia la déconcerte vraiment. Elle s'évertue à interroger sa fille qui lui répond invariablement de façon évasive ou réservée. Les entretiens se bâclent hâtivement, particulièrement si on aborde la question des randonnées mystérieuses. La mère devine bien que ces promenades s'accomplissent dans un but précis. Lequel?

Monia réalise à peine l'émoi qu'elle suscite chez ses proches. Son nouveau passe-temps l'absorbe totalement, la rendant indifférente aux réactions de sa famille. Comme s'amuse à le répéter Martin, « elle a l'air amoureuse », et, telle une amante comblée, elle camoufle pudiquement sa passion. Elle se félicite hautement de n'avoir pas desserré les dents ce soir-là où, stimulée par les récits de chacun, elle avait été tentée de raconter son aventure. Désormais, ainsi que le note sa mère, elle s'épanche uniquement sur les pages de son journal, dans l'intimité de sa chambre.

JOURNAL — LE MERCREDI 7 JUIN.

Martin aime bien claironner et embellir ses prouesses. Je préfère le mystère. Je n'exagérerai pas la réalité puisque je n'en révélerai rien; je ne fournirai aucun détail. Ce sera un secret, mon secret. D'ailleurs, personne ne prendrait mon histoire au sérieux. Je suis trop jeune et, par surcroît, une fille. Les accidents de chasse, les apparitions de revenants, ça va. Ce que je pourrais leur apprendre ne se compare pas; cela dépasse l'entendement. On plaisantera, on m'accusera d'inventer afin d'attirer l'attention.

«Tu ferais mieux de m'aider à la cuisine.» Voilà ce que me rétorquera ma mère, systématiquement. Pauvre maman! Elle ne peut imaginer *ton* importance pour moi. Si cela était arrivé à l'un de mes frères, elle l'accepterait bien mieux, ne poserait pas tant de questions; elle respecterait son silence et aimerait croire, au fond, qu'un événement extraordinaire lui soit survenu. Elle en serait fière. Dans mon cas, c'est un drame. On veut m'empêcher d'être heureuse, de posséder quelque chose en propre. Les garçons ont entière liberté de s'intéresser à ce qui leur plaît mais on défend aux filles d'agir comme elles l'entendent. Maman soupçonne le pire. Voilà la véritable raison qui la pousse à me garder à la maison. Le ménage est un prétexte.

Et puis, le ménage... Je suis d'accord pour aider à condition que tous en fassent autant. J'écope toujours des tâches ennuyeuses. Gloria et Noëlla se disent trop vieilles ou trop occupées; Nancy est encore bébé. Inutile de compter sur les gars. Cela m'exaspère! Regardons le travail de mon père: il a sa pêche l'été, la chasse l'automne; le printemps, il doit remettre sa chaloupe en état, arranger ses filets, réparer ceci, acheter cela. La majeure partie de l'hiver, cependant, il le passe assis dans une berçeuse, à la maison ou ailleurs. Maman, par contre, ne ralentit guère d'une saison à l'autre. Le pain à boulanger, les repas à imaginer, à confectionner, la vaisselle à laver, le poêle à entretenir, les courses à la Baie par gel et poudrerie, le lavage à tordre et tendre sur la corde, les petits à torcher, les chaussettes et les mitaines à tricoter, la visite à recevoir. Sans parler du bricolage: tapisserie, peinture, tuyaux brisés. Réellement, j'accomplirais de bon gré ces besognes si papa consentait à donner l'exemple. Après tout, n'était-il pas le compagnon de maman bien avant nous ?

Parfois, j'ai du remords de raisonner ainsi. Ces injustices ne semblent incommoder personne autour de moi. Ma mère elle-même serait la dernière à se lamenter. Suis-je donc une mesquine, une sans-cœur ?

L'été dernier, notre cousine Diane est demeurée trois semaines à la maison, en vacances. Ses parents habitant Québec depuis longtemps, nous ne la connaissions pas avant cette visite. C'est elle qui m'a ouvert les yeux. Elle s'offusquait de voir ma mère pétrir la lourde pâte, utiliser la laveuse-essoreuse ou choisir souvent le poêle à bois au lieu du poêle électrique. « Chauffer au bois économise l'électricité et le pain a bien meilleure saveur cuit là-dedans », expliquais-je. « Va pour le poêle à bois, concédait-elle, mais cette vieille laveuse ? Vous n'avez même pas de séchoir ! Ta mère doit se gercer les mains à étendre le linge dehors... Ton père ne lui aide donc jamais ? »

Mes arguments tombaient un à un. Comment justifier un état de choses, un mode d'existence sur lequel on ne se pose aucune question ? Quand on a toujours connu sa mère à travers les multiples corvées de la vie quotidienne, on conçoit peu qu'elle puisse alléger son fardeau ; surtout, on l'imagine mal s'adonnant à d'autres activités. Chez Diane, cela se déroule autrement. Madame Côté travaille à plein temps et son mari s'acquitte en partie des soins de la maison bien qu'ils possèdent de nombreux appareils électriques. Ce fut pour moi une révélation.

D'un coup, je mesurais l'énormité du labeur de maman. Je me suis demandée, alors, si elle aurait souhaité détenir un emploi intéressant à l'extérieur, avoir une occupation plus personnelle ou simplement davantage de loisirs. « Voyons Monia, la place de la femme se trouve auprès des enfants. Il faut quelqu'un à la maison pendant que l'homme chasse et pêche». Sa réponse était catégorique, incontestable. Je n'avais pas insisté. Pourtant, cela saute aux yeux: si la femme demeure constamment au foyer afin de veiller sur les enfants, ce n'est pas toujours le gagne-pain qui retient l'homme au dehors et l'empêche de seconder son épouse...

Martin prétend que j'agis par égoïsme, entêtement. Évidemment, cela l'accommoderait davantage d'être dorloté par sa sœur. Cela flatterait son sentiment de supériorité. Le plus curieux, c'est qu'il ne s'indignait nullement lorsque Diane se répandait en récriminations contre la paresse des garçons.

Cette pimbêche m'a rapidement déçue: j'avais cru que nous partagions les mêmes idées, que nous deviendrions bonnes amies, que nous nous écririons souvent. Quelle erreur! Loin de m'épauler en alliée, elle s'est interposée entre Martin et moi. Sa prétendue volonté d'affirmer ses droits camouflait une attitude prétentieuse et dédaigneuse. Elle souffre précisément des défauts dont Martin m'affuble. Se rendre utile la contrarie à moins qu'elle n'y trouve un intérêt personnel. Elle répugne à se compromettre, à consacrer du temps à d'autres qu'elle-même. Seule lui importe son apparence extérieure, l'image qu'elle projette.

L'intérêt grandissant de Martin pour cette pincée me surprenait et m'exaspérait. Elle craignait perpétuellement de se salir, de déplacer ses cheveux. Elle traînait la patte lors des excursions, désolée de maculer son pantalon, redoutant de se perdre en forêt, effrayée par le roulis de la chaloupe. La chaleur la fatiguait, la pluie la déprimait, les moustiques l'obsédaient. D'une patience angélique, Martin ne ménageait aucun effort afin de lui plaire. Il s'empressait d'accéder à ses moindres caprices, les devançant parfois. Lui qui déteste les pleurnichardes et les poudrées !

Enfin, il les détestait...

Oui, je le crois, mon frère a changé...

Pendant ce séjour de notre cousine, je suis vite devenue encombrante. Dès le début, Martin lui trouvait mille excuses si je la critiquais. Ensuite, mes remarques l'irritaient. Puis, lorsqu'il eut essayé vainement d'adapter nos promenades aux exigences de cette chialeuse, il cessa de planifier des loisirs. Il se contentait de flâner avec elle dans le village. Cela m'ennuyait. Je me creusais les méninges pour imaginer des solutions originales. On sentait bien que mes propositions les agaçaient. J'ai compris, je les ai laissés tranquilles. Je patientais, j'avais hâte que Diane s'en aille. Mais son départ modifia à peine le comportement de Martin. Depuis ce temps, il a continué à s'éloigner de moi.

Je m'en fiche royalement.

Je me fous que tout le monde soit contre moi.

Ton amitié me suffit. Rien ne pourra nous séparer.

IV — SURPRENANTE DÉCOUVERTE

On est au début de juin. Le caplan va bientôt rouler sur les plages : ce sera la ruée vers la mer pour recueillir à pleins seaux cette manne rejetée par la vague. Le hareng frais, mis à saler, retourne à la mer sous forme de bouette, à l'intérieur des cages à homard : deux fois le jour les pêcheurs inspectent ces pièges mouillés aux abords des îles du large.

Aujourd'hui les élèves bénéficient d'un avant-midi de congé qui permettra aux professeurs de se réunir. Martin, tirant parti de cette permission matinale, accompagne Amédée à la pêche à la morue.

Levés de noirceur, ils gobent quelques rôties, avalent du café chaud puis roulent jusqu'au quai en camionnette, cueillant Lionel et Evariste au passage. La nuit confond encore maisons et paysage sous ses ombres humides. Installé sur la banquette avant, ensommeillé, le jeune garçon frissonne ; il préfère son sort à celui des deux amis de son père qui se sont assis dans la boîte arrière, indifférents à la bruine. La pluie écrase des gouttelettes contre la vitre embuée. Martin écoute le grincement monotone des essuie-glaces et le ronronnement de la chaufferette, s'agrippant parfois à la portière pour mieux encaisser les soubresauts du camion brimballé par le chemin cahoteux. « Pourvu que le trajet dure longtemps », souhaite-t-il, endormi et frileux.

On arrive, la porte s'ouvre ; l'air vif s'engouffre à l'intérieur de la cabine, chassant toute torpeur. Le ciel blême commence à découper la côte et la mer apparaît, vaste miroir ondulant mollement sous l'indolence des vagues. Dans l'eau calme, on voit le rivage renversé, les pilotis flageolants du quai et les taches ondoyantes des barques claires, fraîchement repeintes pour l'été. On jette l'attirail dans les bateaux avant d'y descendre au moyen d'une échelle précaire fixée à une poutre. Les ajustements d'usage s'effectuent et les moteurs démarrent, poussant les embarcations hors de la baie, vers le lieu de pêche.

Au départ, il faut louvoyer parmi de nombreux amas rocheux qui dérouteraient facilement un étranger ; îles allongées et langues de terre se ressemblent à s'y méprendre, entraînant le navigateur dans un dédale de culs-de-sac ou d'inutiles détours. Mais les pêcheurs d'expérience échappent à ces trompe-l'œil de la nature. En haute mer, ils s'orientent avec le même flair, conduisant précisément leurs barques jusqu'aux barils flottants qui indiquent la présence des filets. Ces derniers repérés, on les hale dans les embarcations, rapprochant progressivement celles-ci de manière que leurs flancs parallèles coincent le poisson. On pique alors les prises à l'aide d'une gaffe pour les envoyer au fond du bateau.

Qu'ils rentrent satisfaits ou déçus, il en coûte autant d'efforts aux hommes : des heures de labeur assuré à s'écorcher les mains sur les filets, dans l'eau glacée. Et ce matin, hélas, la sortie s'avère infruc-

tueuse. C'est à moitié vides que rentrent les chaloupes.

La plupart des pêcheurs accostent dans une petite rade naturelle que forme une ceinture de grosses roches, à l'ouest du village. Monia flâne ici depuis son déjeuner, entre les quais étroits dont les hautes pattes ressemblent à des échasses.

L'endroit se veut plus fonctionnel que romantique. Les passerelles, pourvues d'établis pour le nettoyage de la morue, donnent accès aux entrepôts où le poisson est conservé temporairement; dans

ces remises, on dépouille également les loups-marins, on range et entretient ses agrès. Deux séchoirs à morue, présentement vidés à cause des dernières pluies, répandent d'habitude une odeur fétide. Un peu partout s'alignent de gros barils luisants dans lesquels macèrent des foies de morue; l'huile ainsi obtenue suinte à travers le bois des contenants, vernissant ceux-ci d'une gomme jaunâtre visqueuse qui graisse progressivement les alentours. Des carcasses inutilisées, des ossements de loups-marins, viscères et déchets divers jonchent la vase à marée basse; ce menu gastronomique attire des bataillons de crevettes gourmandes. Sur le sol de boue et de rochers s'élève une forêt de poteaux grêles supportant quais et hangars.

Quand la mer monte, limpide, tout change: elle recouvre le limon, efface les détritus, baigne les pilotis poisseux qui se mettent à danser dans l'eau claire, légers comme des volutes de fumée.

Avertie par le tac-à-tac familier du bateau de son père, Monia surveille l'entrée de la baie. Confirmant la finesse de son ouïe, Amédée et Évariste apparaissent à l'extrémité de la pointe. Ils rejoignent bientôt le quai où se trouve la jeune fille.

On arrête les moteurs. Les chaloupes glissent silencieusement vers Monia qui observe les manœuvres d'amarrage. Amédée et Lionel entreprennent de décharger leurs bateaux, lançant les prises bien haut sur le quai, à l'aide d'une gaffe.

La chair claque pesamment contre le bois et poursuit plus loin un atterrissage visqueux; ou bien, avec un ploc sourd, elle s'affale au milieu des masses gélatineuses déjà empilées.

— Je peux vous aider à arranger le poisson? leur crie Monia.

— Qu'y a-t-il d'amusant à étriper de la morue? lui rétorque Martin qui parvient à son niveau en grimpant l'échelle.

— Ça me regarde. J'ai envie de travailler.

— Travailler! Un jour de congé!

— Tu travailles bien, toi...

— C'est différent, je suis un homme.

Monia réprime difficilement un mouvement d'impatience.

— Un homme! grimace-t-elle. Tu devrais savoir que les femmes travaillent autant sinon davantage que les hommes, mon cher. Et puis, si tu es un homme, pourquoi n'aides-tu pas papa à vider le bateau?

Elle sait pertinemment que son frère n'a pas la force requise pour accomplir cette tâche et sa remarque vexe naturellement le garçon.

— Tu essaies de provoquer une chicane...

— C'est toi qui as commencé. Mais tu as raison, je ne pourrai vous rendre service. Je dois compléter un travail important. Ta morue, garde-la donc! Mange-la crue si ça te plaît. Sois certain d'une chose cependant: à l'avenir, tu devras te débrouiller seul pour plumer tes canards.

Elle tourne le dos à son frère puis, se ravisant, ajoute:

— De toute façon, je n'attendais pas que vous arriviez. Je venais ici par affaire et j'ai trouvé ce que je cherchais.

— Qu'est-ce que tu as trouvé ?

Pivotant sur elle-même en guise de réponse, Monia se dispose à quitter les lieux. Martin insiste gentiment :

— Bon, ne fais pas de mystères, montre-moi...

Au fond, la jeune fille rêve d'une éventuelle complicité entre son frère et elle-même.

— En tout cas, je n'échangerais pas cela contre ta dent d'ours... risque-t-elle prudemment, désireuse de tâter le terrain.

Mais le garçon ne saisit pas cette perche tendue.

— Ma dent d'ours ? ricane-t-il, tu es folle !

Il jette un coup d'œil sur la plage environnante :

— D'ailleurs, je ne vois vraiment pas ce que tu as pu découvrir d'intéressant dans ce dépotoir.

La déception et la colère ferment aussitôt le visage de Monia :

— Tu ne vois pas et tu ne le verras pas ! Salut !

Blessée dans son amour-propre, elle s'éloigne d'un pas déterminé, laissant Martin intrigué et songeur : une idée traverse l'esprit du gamin qui voudrait à la fois satisfaire sa curiosité et narguer sa sœur.

Quand madame Monger fut informée du projet de Martin, elle manifesta sa désapprobation. Cette méthode-là ne lui plaisait guère. Par contre, elle se réjouissait d'en apprendre davantage sur les promenades de sa fille. Exprimant ses réticences avec réserve, elle veilla à ne point dissuader Martin qui, du reste, se montre généralement obstiné dans ses résolutions. Ce jour-là elle le vit donc partir pleine de satisfaction sur les traces de Monia. Il avait à peine franchi le seuil de la porte qu'elle attendait anxieusement son retour.

Martin trotte, s'accroupit, repart derrière sa sœur. Prenant garde de trahir sa présence, il doit y mettre plus de talent que prévu car la jeune fille interrompt fréquemment son ascension de la Pointe de l'Est pour inspecter la pente dans toutes les directions. Cette inquiétude évidente stimule le garçon: pareille méfiance dénote bien une intention de dissimuler quelque chose. Il ne reviendra pas bredouille, sa filature sera couronnée de succès! Martin se valorise déjà d'être le premier à expliquer les absences énigmatiques de Monia. Il en éprouve un sentiment flatteur, comme si le rétablissement de l'ordre dépendait de lui. Il redouble de prudence malgré son excitation et maintient ses yeux braqués sur la chemise rouge de sa sœur.

La tache vive du vêtement se déplace au-dessus de la remarquable floraison des chicoutés et des graines rouges, floraison qui allume au sol des milliers de gouttelettes blanches et roses. Depuis quelques jours, en effet, le printemps métamorphose la plaine, lui donne un air de jeunesse et l'embaume d'un frais parfum. Les rochers émergent de ces tendres coloris comme des baigneurs se prélassant au sein d'une odorante écume. Ils semblent moins durs, tout attendris. La nature s'émeut et devient sentimentale. La vie jaillit du soleil qui éclate partout, le ciel est sans limite et la mer bleue, étourdie de lumière, frétille sous ses flots scintillants.

Il fait chaud. À plat ventre dans la mousse, Martin transpire. Sa sœur s'apprête maintenant à traverser l'Anse de l'Est. Elle le repérerait facilement dans ce terrain de savane où les branches sèches, les arbustes et l'eau accusent bruyamment le passage. De son point d'observation, du sommet de la Pointe de l'Est, il dresse donc le parcours probable de Monia et laisse une distance raisonnable s'établir entre eux. Puis il descend le versant et pénètre à son tour dans le marais.

Monia le précède loin devant, il ne la voit plus. Peu importe, il compte la rattraper sur la terre ferme, de l'autre côté de la baie ; c'est là qu'elle se dirige, il en a la certitude. Il progresse sans se presser, épiant le moindre bruit, évitant d'en commettre lui-même : il craint toujours de surprendre sa sœur. Qui sait ? Elle se repose peut-être sur un talus, derrière ce bouquet d'arbres ? Le soleil tape fort et la tension aidant, notre poursuivant se retrouve bientôt en nage.

Ses jeans lui collent aux cuisses et sa chemise trempée, nouée sur le torse, devient intolérable. La sueur dégouline de ses sourcils; s'essuyant le front d'un geste du poignet, il laisse filer un rameau qui lui fouette douloureusement la tempe. Ses pieds s'échauffent désagréablement malgré les chaussettes de laine imbibées d'eau et ses bottillons mouillés alourdissent la marche. La chaleur semble s'intensifier à chaque minute.

Ayant franchi quelques mètres sans obstacle, il s'emballe et s'élance, confiant, à travers une éclaircie tapissée d'herbes et dépeuplée d'arbustes. Il s'arrête aussitôt: que se passe-t-il? Le sol se dérobe, la clairière entière se met à onduler jusque sous les aulnes qui la ceinturent. Martin réalise trop tard s'être engagé sur une berge flottante. Il sent déjà l'eau froide recouvrir ses pieds. Affolé, il rebrousse chemin, mais chacun de ses mouvements ébranle le tapis spongieux qui s'engloutit sous son poids. Il perd l'équilibre, bascule sur le côté et son bras gauche disparaît complètement dans l'onde noire. Il parvient à se redresser en contrôlant calmement ses gestes puis continue en rampant sur le sol mouvant; de cette manière, il réussit à rejoindre les bords du fourré et s'agrippe aux premières branches en soupirant de soulagement, le souffle court. Avant de s'éloigner, il jette un coup d'œil hostile à la traîtresse étendue d'herbes; celle-ci, déjà, retrouve son immobilité trompeuse.

Le garçon est transi mais la marche a tôt fait de le réchauffer; ses vêtements commencent à sécher. Le marais, pourtant, le retient toujours prisonnier. Aucune issue ne s'offre à lui. Il débouche invariablement sur un bras de ruisseau, un bouquet de broussailles inextricables ou un banc de vase. Une chose est certaine, il n'abandonnera pas: sa fierté le lui interdit. Opiniâtrement, il redouble d'efforts. Enfin, alors qu'il croyait tourner en rond, apparaît la masse réconfortante d'un rocher entre les arbres.

Il prend bientôt pied sur le sol dur, savourant le plaisir de circuler sans entraves. Il a réussi ! Mais sa joie tombe rapidement ; il a beau scruter le rivage en tous sens, il doit se rendre à l'évidence : Monia l'a semé. Quelle humiliation pour Martin ! Boudeur, il contemple la solitude de la côte. Les rochers rosâtres s'étalent chauds et lisses dans une mer d'azur, à l'infini, comme autant d'échos moqueurs à la défaite du garçon. « Où se cache cette fille ? Et si elle se trouvait encore derrière ? Rien ne prouve qu'elle soit sortie de l'anse... »

Martin décide de continuer vers la cabane à Marcoux, histoire de flâner un peu avant de retraverser la baie marécageuse. Sans le savoir, il touche presque au but. Au-delà de cette butte qu'il gravit, tout près, se déroule un bien curieux spectacle...

Tout se passe alors très vite. Du sommet de la colline, stupéfait, le garçon découvre Monia agenouillée face à la mer, le torse incliné au-dessus de l'eau. Quelque chose disparaît sous les flots. Alertée, la jeune fille se lève en sursaut et se retourne vers son frère. Elle jette un coup d'œil furtif par terre, hésite. Martin, suivant son regard, remarque alors une plaque de sable couverte de signes bizarres que Monia tente aussitôt de brouiller avec son pied. Se précipitant sur la jeune fille pour identifier l'indice révélateur, il aperçoit, juste à temps, des traces profondes semblables à des griffures.

Jusque-là, la curiosité et sans doute un peu de jalousie poussaient Martin à surprendre sa sœur. Selon lui, on accordait beaucoup d'importance à des caprices de fille. Dérober à celle-ci son secret devenait une belle occasion de la taquiner tout en se mettant lui-même en évidence. Or, la découverte de ces griffures efface ses préjugés et l'anime d'un intérêt nouveau car les agissements de l'adolescente, qualifiés auparavant d'enfantillages, revêtent maintenant un attrait particulier. Pendant que Monia l'accable d'injures, furieuse d'être espionnée, le garçon se sent profondément confus. La suffisance fait place à la honte, au respect. Monia se voit couronnée d'une auréole de mystère que Martin aimerait partager. Il voudrait recevoir de plus amples explications, connaître tous les détails de cette aventure. Malheureusement, les circonstances ne se prêtent pas aux confidences: sa sœur, offusquée, s'éloigne à grandes enjambées rageuses. Et puis, l'orgueil de Martin lui commande de jouer les indépendants. Il devra reconquérir la confiance de sa sœur ou résoudre cette énigme seul.

V — MÉTAMORPHOSE

L'été s'empare de la côte énergiquement. Demeuré huit mois à l'ombre du froid et du brouillard, il réclame sa part à grand renfort de beau temps, de chaleur, de soirs roses et parfumés vibrants du sifflement des grenouilles. Les jours s'achèvent lentement, dans un amalgame de couleurs prodigieuses. Au théâtre du ciel, chaque crépuscule devient un drame où figurent des sentiments bouleversants ; le soleil déclinant refuse de quitter la scène, s'accroche aux nuages, les déchire et les éclabousse d'un flot de lumières. Les nuées émeraude et safran tournent au vermillon, puis au carmin qui se violace avant de s'abîmer à l'est dans le bleu profond de la nuit ; à l'ouest, au-dessus des montagnes, des reflets persistent, telles les lueurs d'une fête lointaine. Les météorites sillonnent ensuite le velours du firmament d'été, succédant au flamboiement hivernal des marionnettes, ces aurores boréales qui dansent parmi les constellations.

La toundra, embellie d'un manteau de verdure crépue, s'amuse à alterner les parures et multiplier les floraisons sur une gamme infinie de verts ; elle pique des fleurs au creux des sphaignes, les groupe en bouquets, les étale en parterres ou les déroule sur la plaine en légers boas. Tout un monde végétal touffu fabrique opiniâtrement un bout de feuille, de rameau ou de racine pour capter l'eau et la lumière. L'été nordique est court et cette profusion de plantes poussent avec ardeur, produisant fleurs et fruits en tentant de gagner leurs voisines de vitesse. Des inflorescences variées, humbles ou éclatantes, s'épanouissent simultanément; commencent-elles à flétrir que d'autres les remplacent aussitôt. Aux jardins pourpres et blancs des kalmias et du thé du Labrador succèdent bientôt le rose capiteux des fuseaux d'épilobes, le jaune des boutons d'or, le mauve des asters, le blanc de l'herbe-à-dinde, l'orangé des épervières. Les linaigrettes méprisent les coloris voyants mais arborent de vaporeux tutus: leurs épis souples, portés haut sur la tige, s'ouvrent en centaines d'ombelles blanches ou beiges qui coiffent la plaine d'un mouvant duvet.

Dans les marais croissent des espèces souvent minuscules, d'une complexité remarquable. La drosère, par exemple, brandit à ras du sol de ravissantes spatules munies de poils rouges capables de digérer de petits animaux. Les racines chevelues et gourmandes de l'utriculaire serpentent sous la surface des étangs pendant qu'une hampe rigide maintient ses fleurs jaunes inoffensives à l'air libre. La splendide et robuste sarracénie, également carnivore, n'est pas si modeste. Sa fleur étrange et hautaine se dresse au milieu d'une impressionnante couronne de feuilles pourpres en forme de trompettes, pièges remplis d'eau de pluie où se noient les insectes.

Les assiettes caoutchoutées des nénuphars reposent, immobiles, sur le miroir des lacs et des cours d'eau tranquilles que survolent de grosses libellules brunes. Les mouches bourdonnent autour des quais, les abeilles alourdies de pollen volent d'une plante à l'autre, des hordes de moustiques agressifs semblent griffonner l'air humide des marécages.

Des pousses tendres garnissent les membres étriqués des cormiers, des peupliers, des bouleaux, des saules et des aulnes; ces derniers forment parfois des rangs si serrés qu'ils interdisent tout passage. Le mélèze, conifère original, a revêtu sa livrée estivale et se promène en individualiste dans la savane. Des épicéas, les épinettes blanches et noires, préfèrent monter au nord en rassemblements compacts. Accompagnés du sapin baumier, ils foulent un tapis de mousse où se déploient des gerbes de fougères. Au printemps, des fleurs délicates éclairent la pénombre du sous-bois: celles de la clintonie boréale, du cornouiller du Canada, de la listère, du maïanthème, de l'oxalide des montagnes, du trille. Des baies remplacent maintenant les jolies corolles, faisant le délice des ours et des oiseaux.

Canards, perdrix, rapaces, lièvres, martres, renards, loups, chacun trouve abri et nourriture dans cet habitat où l'homme égaré se sent pourtant désemparé, agressé par un environnement hostile. Une faune relativement abondante et variée hante ces vastes étendues sauvages malgré la chasse incessante. En effet, à cause de leur manutention, les produits d'épicerie se vendent chèrement sur la Côte et la population économise en consommant du gibier, par ailleurs savoureux.

La nature exubérante communique aux habitants son euphorie. Les étudiants ne sont pas les moins heureux et s'abandonnent volontiers à la magie des vacances.

Pleins d'espérance, les enfants bricolent des bateaux qui prendront le large sur les rives d'un ruisseau ou d'une mare. Les bicyclettes cahotent sur les chemins raboteux; dans les familles nombreuses, c'est un bien précieux que l'on se prête à tour de rôle. Certains jours, les plus jeunes vont s'amuser près du moulin à Jones. Il y a là un tas de bran de scie d'où ils ressortent couverts de poussière de bois, poursuivis par la colère du propriétaire. Et puis, à mesure que la saison avance, apparaissent des berries délicieuses dont il faut bien se régaler et faire provision pour l'hiver.

Martin tente subtilement de se rapprocher de Monia et les rencontres entre camarades lui en fournissent l'occasion. En effet, les jumeaux et leurs amis se réunissent à nouveau. Le climat ayant réchauffé les cœurs, un genre de trève s'établit après les mois de frictions antérieures. Les adolescents ont repris contact sans embarras, oubliant simplement leurs querelles passées. Ils se retrouvent pour partager des moments intenses où l'innocence de l'enfance se mêle au trouble de leur âge. Les jeux naïfs alternent avec les discussions interminables: on parle de la vie, de ses rêves, de ses problèmes. Des amitiés se cristallisent, des couples se forment. Les activités du groupe ne conviennent pas toujours au tempérament solitaire de Monia, mais celle-ci rate rarement une excursion hors du village. Et la bande trouve régulièrement un coin de rivage ou de forêt à explorer.

Le Fort-Mingan

Glaces dans la baie

TIBE

L'Anse de l'Est

L'Île-aux-Vents

VI — QUERELLE SUR LA PLAGE

Aujourd'hui, il fait une chaleur accablante. C'est la température idéale pour se livrer un combat de varech sur la plage. Quoi de plus rafraîchissant que cette pluie de projectiles gélatineux ? On se divise en deux équipes, chacune amassant autant de munitions que possible. Le signal donné, la bataille s'engage : un feu nourri qui déclenche les cris de triomphe des meilleurs tireurs, les invectives de tous les combattants et les exclamations des joueurs touchés. À la fin de la mêlée, la différence est mince entre vainqueurs et défaits. Dans les deux cas, les membres du camp ont avalé leur quote-part de sable ! Un seul remède : courir à la mer. La réaction des baigneurs au contact de l'eau est éloquente : bien davantage que la joute, cette épreuve saura déterminer les véritables héros.

Au sortir du bain, haletants et frissonnants, les adolescents font cercle sur la plage. Voici l'instant délicieux où le corps s'offre à la chaleur du soleil, où la peau tiédit lentement jusqu'à devenir brûlante. Les talons calés dans le gravier chaud, les doigts remuant le sable doux, il fait bon vivre. En face, la mer ballotte son infinie masse bleue aux confins d'un ciel éblouissant. Les barques en congé se balancent au bout de leur ancre, endormies d'un insouciant sommeil. Autour de l'anse, le village immobile et silencieux semble méditer. La lumière irradiée éclate sur les toits, enflammant leur couleur pastel ou délavée. Seuls l'indéfectible va-et-vient des vagues et la course affairée d'un bécasseau sur les cailloux humides rappellent l'ordre de la nature.

Frédéric s'asseoit près de Noëlla, une douce brune aux yeux verts qu'il cherche à conquérir. Le blond Stéphane a jeté son dévolu sur Mathilde, vive et espiègle. Gabriel, le boute-en-train, n'a aucune préoccupation amoureuse: il se contente d'inventer de nouvelles blagues et d'allonger son répertoire de pitreries. Martin entend jouir de ses vacances sans problèmes: il ne s'intéresse qu'à Monia, ou plutôt au secret de celle-ci. Quant à sa sœur, si le nouvel enthousiasme du groupe l'enchante et l'étonnante gentillesse de son frère la ravit, elle se réjouit avec réserve: l'amabilité de Martin ne camoufle-t-elle pas une intention malhonnête?

— Le saviez-vous, interroge Mathilde, ma sœur Claudette se marie au mois d'août?

— Justement, je désirais t'en parler, répond Noëlla. Samedi soir, à la veillée, Simon a répandu la nouvelle.

À Petite-Baleine, en effet, il y a danse chaque fin de semaine à la salle du village. La soirée débute au son de la musique disco sur microsillons; quand l'assemblée est suffisamment réchauffée, Landace s'amène avec son violon et Désilas son accordéon. La piste exiguë contient au maximum trois quadrilles. Cette restriction ne gêne cependant personne, car on ne s'improvise pas danseur: seuls les habitués exécutent brillamment les pas variés des danses folkloriques. Et puis, quand les instruments des musiciens se déchaînent, on préfère aussi bien regarder évoluer les danseurs: c'est un véritable spectacle. La danse moderne isole les partenaires et valorise l'expression individuelle, mais la danse carrée favorise au contraire l'échange; non seulement les figurants communiquent entre eux, mais ils rejoignent aussi les musiciens et l'assistance. La magie et l'animation créées par la succession des figures, l'air surchauffé brassé par le déplacement des danseurs, la transe des musiciens en sueur, la vibration du plancher où claquent les souliers, tout cela engendre un climat chaleureux, stimulant, envoûtant. On sent

remuer en soi comme un enfant oublié, longtemps porté et plein de vie: son héritage culturel.

— Samedi soir à la veillée? répète Mathilde, déçue. J'aurais aimé vous l'apprendre moi-même.

Le monde est petit sur la Côte. Peu d'événements ou de propos demeurent longtemps confidentiels. Le bouche à oreille est le moyen de diffusion par excellence. Les gens nomment humoristiquement ce phénomène radio-mocassin.

— Claudette serait-elle malade? coupe Noëlla. Elle n'accompagnait pas Simon à la danse...

— Elle s'est embarquée sur le Fort-Mingan vendredi soir, explique Frédéric, avant que Mathilde ne puisse répondre.

— En effet, confirme celle-ci, je t'ai vu sur le quai lorsque je reconduisais Claudette. Ma sœur se rendait chez mon frère à Sept-Îles. Maman veut lui acheter une robe là-bas. J'espère qu'elles trouveront quelque chose de joli.

— Oui, acquiesce Monia, Claudette est tellement belle. Elle serait superbe dans une longue robe blanche.

— Je suis heureuse qu'elle épouse Simon. Ils forment un couple parfait, ne pensez-vous pas?

Tandis que tous se rallient à l'opinion de Mathilde et commentent le mariage, Monia se tracasse au sujet de la future mariée:

— Si Claudette doit habiter Petite-Baleine avec Simon, elle abandonnera son poste de professeur à la Romaine. Obtiendra-t-elle un emploi ici?

— Évidemment, avoue Mathilde, elle aimait beaucoup enseigner. C'est dommage... Elle attend une confirmation pour travailler au bureau de poste.

Monia esquisse une moue :

— Cela bouleverse drôlement ses projets antérieurs... Ne pourraient-ils s'établir à la Romaine ? Après tout, Claudette possède une position plus stable que celle de Simon. Il est engagé à contrat. Aussitôt l'hiver installé, ils dépendront de l'assurance-chômage.

Cette suggestion soulève un tollé de protestations.

— Je n'accepterais pas que ma femme me fasse vivre, affirme Frédéric.

— Moi non plus, ajoute Stéphane.

— Et quand les enfants naîtront ? s'inquiète Noëlla. Elle devra laisser sa carrière tôt ou tard.

— Pas nécessairement, objecte Monia.

— Comment fera-t-elle alors ?

Monia s'anime, ses joues s'empourprent :

— Comment fera-t-elle ? Pourquoi ne dis-tu pas : « Comment feront-ils » ?

Frédéric redresse son torse osseux et sanctionne, d'une voix autoritaire :

— La nature a voulu que les femmes portent les enfants et les allaitent. Il est normal que ce soit elles qui les éduquent.

— Je ne suis pas d'accord. Par exemple, hasarde Monia, notre cousine Diane nous apprenait qu'à Québec, certains hommes demeurent à la maison et s'occupent de leurs enfants pendant que la femme gagne le salaire. Les parents…

Une avalanche de plaisanteries submerge la jeune fille et l'empêche de poursuivre sa phrase. Martin rougit, partagé entre l'opinion du groupe et le désir de soutenir Monia. L'hésitation le paralyse et lui fait rater une belle chance de s'attirer la reconnaissance de sa sœur. Celle-ci, frémissante de colère, éclate:

— Selon vous, la femme doit être mère, servante et ménagère en plus d'occuper un emploi hors du foyer pour épauler son mari? Par contre, monsieur s'abstient de lever le petit doigt à la maison? Monsieur se sent humilié de soulager son épouse, de coopérer aux travaux domestiques alors que sa femme l'appuie financièrement?

Elle avance, narquoisement:

— À moins que monsieur ne manque ni de courage, ni de générosité, mais plutôt d'intelligence et de ressources?

Frédéric écoute, impassible, les bras croisés. Stéphane creuse le sable à l'aide d'une brindille. Noëlla enroule une mèche de cheveux autour de son doigt. Mathilde cligne de l'œil à l'intention de Gabriel. Martin souhaite que Monia se calme. Tous se taisent. Non pas qu'ils adhèrent aux paroles de leur compagne: ce discours les ennuie. Au fond, ils ne comprennent pas bien le fanatisme de la jeune fille, ils saisissent mal la raison de son indignation. Leur silence apaise légèrement Monia. D'un ton plus conciliant, elle conclue :

— Hommes et femmes devraient s'asseoir et chercher ensemble une solution. Cela est possible en réfléchissant.

— Impossible, badine Gabriel. La femme ne peut réfléchir. Tout le monde sait ça : l'homme pense et la femme dépense.

Un éclat de rire général accueille cette plaisanterie.

— Ah ! Vous me décevez tous ! gémit Monia. Même vous, les filles, riez de cette vieille farce idiote usée à la corde ! Cela manque d'originalité. Comme vos idées et vos arguments, d'ailleurs. On croirait entendre discuter les grands-parents. Vous vous contentez de reprendre ce qu'ils disent, sans rien améliorer. Vous me désespérez : il n'y a aucun espoir de votre côté.

— Tu es vraiment assommante, réplique Frédéric, piqué par l'agressivité de sa camarade. Avec tes raisonnements compliqués, tout finit en engueulades. On ne peut jamais se détendre, il faut toujours discuter sérieusement.

— Eh bien, s'offusque Monia, on discute ou on ne discute pas. Le problème est là. Les gens refusent les difficultés. Ils traitent les choses superficiellement, sans s'impliquer. Ils renoncent à s'engager parce que cela comporte des responsabilités : ils risquent d'échouer, de récolter des critiques. C'est bien plus facile de se taire et de plaire à tout le monde. Les gens redoutent d'être sincères par lâcheté. Je suis sans doute assommante mais au moins je dis ce que je pense.

La jeune fille s'interrompt, consciente d'entamer un autre plaidoyer. Elle se renfrogne, morose, les sourcils pointus, préférant continuer mentalement son long monologue. Frédéric a certainement raison sur un point. Elle devrait savoir que ces altercations n'aboutissent à rien d'autre que de la rancune. Mais elle se laisse invariablement emporter par le feu de la conversation. Elle nourrit encore l'illusion de convaincre quelqu'un, de faire partager ses principes.

Tandis que Monia rumine, la causerie s'oriente sur le choix des métiers de chacun. Noëlla souhaiterait enseigner à Petite-Baleine. Frédéric penche fortement vers l'électronique. Mathilde aimerait décrocher son diplôme d'infirmière et travailler à l'hôpital de Blanc-Sablon. Son compagnon compte pratiquer la médecine sur la Côte. Gabriel rêve de piloter son propre avion aux quatre coins du nord. Martin exercera la profession d'ingénieur. Absorbée dans ses pensées, Monia ne participe pas à l'échange. On se risque à l'interpeller:

— Et toi Monia?

Sortant de son mutisme, celle-ci hésite, avoue n'être point fixée sur son avenir.

— J'ignore ce que je choisirai. Peut-être étudierai-je en biologie... ou un autre domaine en rapport avec la nature. J'adorerais explorer des régions inconnues, observer les animaux, les plantes.

Bouche bée, ses amis ne trouvent rien à répondre. Une fille devient professeur, infirmière, hôtesse de l'air... mais pas biologiste! Martin se hâte d'intervenir avant qu'une remarque intempestive ne déclenche une seconde discussion orageuse. Il félicite sa sœur, d'une voix convaincue et enthousiaste:

— Tiens, pourquoi pas? C'est vrai que cela conviendrait à ton tempérament solitaire. Et puis tu écris facilement. Tu pourrais publier des livres relatant tes aventures au cœur de vastes étendues sauvages. Je te vois parfaitement, assise sur un rocher, aux quatre vents, notant tes impressions sur un cahier humide menaçant de s'envoler à chaque instant, entourée d'une horde d'animaux féroces...

Cette description pittoresque amuse les amis et achève de détendre Monia. Son visage s'éclaircit aussitôt. Martin jubile: non seulement il a réussi à arbitrer un délicat conflit d'opinions mais il vient de gravir un échelon dans l'amitié de sa sœur. Il lui offre enfin la compréhension dont elle manquait, au moment où elle en avait grand besoin.

— À propos de promenades solitaires, avance Mathilde, te décideras-tu à nous révéler ce qu'il y a de si palpitant par-delà l'anse de l'Est?

L'atmosphère se refroidit brusquement. Tous se tournent vers Monia qui se met à rougir, interdite.

— C'est juste, appuie Stéphane, pourquoi nous cacher la vérité? Cela dure depuis assez longtemps. Il y a beaucoup de personnes qui se posent des questions et je ne comprends pas ton entêtement à éterniser ces cachotteries. Tes parents s'inquiètent passablement à ton sujet.

Monia dévisage Martin qui s'empresse de se disculper:

— Je n'ai fait aucun commentaire, je te le jure.

— Martin n'a rien dit, approuve Frédéric. La rumeur court dans le village, simplement.

— Allons, intercède Noëlla, nous sommes tes amis. Nous n'avons nulle intention de t'importuner, de t'accompagner. Nous aimerions seulement connaître ce qu'il y a de si extraordinaire là-bas.

— Qui sait? reprend Mathilde, en nous éclairant, tu t'entoures d'alliés certains prêts à te supporter. Le fait de te demander des explications prouve notre bonne foi: nous aurions facilement pu t'espionner et découvrir le pot aux roses.

— Je vous interdis absolument de me suivre! ordonne Monia. D'ailleurs, je me méfie. Je vous repérerais malgré les plus habiles précautions. Admettons au pire que vous me surpreniez, vous resteriez sur votre faim. Je peux le garantir, certains en ont déjà fait l'expérience.

Martin n'ose regarder sa sœur. Il baisse discrètement la tête afin de dissimuler sa gêne. Il tremble à l'idée que la bande soit informée de son échec. Monia, heureusement, ne fournit pas d'autres détails. Elle poursuit:

— Arrêtez de me tourmenter. C'est inutile. Je me sens incapable de vous révéler quoi que ce soit. Pas maintenant en tout cas...

Visiblement frustrés, les adolescents cessent de supplier la jeune fille. Un rictus se dessine sur les lèvres de Frédéric: à l'instar de ses camarades, il perçoit le refus de Monia comme une façon de se distinguer. Celle-ci, avec ses sautes d'humeur, sa susceptibilité, ses idées saugrenues, ne désire-t-elle pas au fond dominer la bande? Sa nouvelle fredaine de rencontres clandestines vise manifestement le même objectif. Elle cherche à briller, elle se prétend plus intelligente qu'eux. Son obstination à les maintenir à l'écart démontre le mépris qu'elle leur porte. À moins, autre hypothèse valable, que cette histoire soit pure invention.

Un malaise s'installe au sein du groupe. Un climat maussade pèse sur la réunion amicale, un sentiment d'agacement colle à la peau. Le soleil semble avoir perdu cette chaleur douce et pleine du début de l'après-midi.

— Quelle heure est-il?

— Je l'ignore mais je crois que je vais y aller. Ma mère a besoin de moi.

— Attends-moi, je pars également.

— Puisque tout le monde s'en va, je rentre.

Martin a laissé filer une occasion supplémentaire de se ranger dans le camp de sa sœur. Demeuré indécis pendant que se détériorait l'ambiance, il allait enfin se compromettre en faveur de Monia lorsque le groupe commença à se disperser. Cependant, il tient malgré tout à intervenir:

— Nous devrions éviter ce genre de discussion, lance-t-il en attrappant sa serviette de bain. Ce qu'il nous faut, c'est un peu de sport. Qu'est-ce que vous diriez d'explorer la rivière Jaune, demain?

Cette suggestion reçoit l'assentiment général. Elle remplit les jeunes d'enthousiasme et ceux-ci verbalisent les souvenirs inoubliables que leur rappelle l'endroit. On remémore et commente tel événement cocasse, on prend plaisir à se décrire mutuellement des paysages connus de tous. La mésentente s'estompe séance tenante. Une chaude camaraderie lie à nouveau les adolescents; Martin est doublement content: sa proposition a ramené la gaieté et éliminé l'animosité qui flottait autour de Monia. Voilà un geste de plus à son crédit.

Dans le bois surchauffé, la seule vue d'un cours d'eau suffit à vous ranimer. Il y a des rivières à saumon, larges comme des fleuves, ou des torrents impétueux qui déboulent la montagne sans reprendre haleine, écumant du début à la fin. La petite rivière Jaune, aux courbes gracieuses, est plus avenante: elle descend en paliers doux, formant autant de baies limpides où frétille la truite. Les berges dégagées chauffent leurs grandes roches plates au soleil; les arbustes feuillus et les fleurs, adossés aux conifères, maintiennent en retrait l'ombre des sous-bois. On oublie facilement le temps dans ces anses tranquilles. Les heures s'écoulent au fil de l'eau. On avance, brassant les remous mordorés à contre-courant, fouillant des orteils les cailloux ronds; aux changements de niveau, la rivière s'étrangle et culbute en torsades sur des parois rocheuses polies et limoneuses: en riant, on s'agrippe aux branches basses pour ne pas glisser ou, simplement, on se laisse emporter par cet

use-culotte original. Au terme de ces journées insouciantes mais brûlantes, un poisson frais grillé sur la flamme prend une saveur incomparable.

Le soleil accentue ensuite son virage à l'ouest, les couleurs du paysage virent à l'orangé, les ombres s'allongent; des insectes diurnes s'attardent en zigzaguant dans la brise devenue imperceptible, cédant bientôt la place aux mouches noires qui montent des marais. C'est l'heure du silence. La mer impassible prend le village à l'envers; les montagnes plaquent leur silhouette sombre sur l'incarnat du ciel. Une chaloupe s'approche du rivage: le gargouillement de l'aviron remuant l'eau se répercute à travers la baie entière, accentuant le calme profond du soir. Un chien jappe après son écho, troublant à peine l'immobilité. Pas une ride ne ternit le miroir des mares au creux des rochers. La nature exhale des parfums envoûtants et retient son souffle jusqu'à ce que le jour, en fermant sa paupière, libère des larmes de rosée.

Un soupir du vent fait alors frissonner l'air. La nuit s'installe. On entame les causeries sur le perron de l'épicerie, une eau gazeuse à la main. On grignote des friandises. On va chez l'un, chez l'autre. Plus tard, à la veillée, les couples se promènent dans le clair-obscur du village parcimonieusement garni de réverbères. Rien n'échappe au regard éteint des fenêtres et la pensée de donner prise aux commérages stimule les amoureux. Là-haut, la voûte piquée d'étoiles leur donne raison en préservant la paix de cette nuit tiède. On s'écarte des chemins sablonneux emplis du concert des grillons pour fouler le sable humide où luisent les coquillages. Les vagues inlassables, en cadence, se déroulent au clair de lune.

VII — DRAME SUR L'ÎLE-AUX-CHICOUTÉS

Avec l'été se gonflent les gadelles, les graines rouges ou atocas, les graines noires, les bleuets, les framboises et les chicoutés. Ce dimanche de fin juillet, les Monger s'installent joyeusement dans la barque d'Amédée: des talles de plaquebières bien mûres les attendent sur les îles du large; tous les membres de la famille participent à l'excursion de cueillette, joignant l'utile à l'agréable. Madame Monger a élaboré un alléchant goûter, monsieur Monger a rassemblé les bols et les seaux, les enfants s'affairent à porter le bagage. On apporte des vestes chaudes par mesure de prudence bien que la journée s'annonce superbe jusqu'à la fin.

La chaloupe ouvre dans la mer un sillon d'écume que poursuit un istorlet en virevoltant. Les rochers, à fleur d'eau ou submergés, n'échappent pas à la solide expérience d'Amédée qui pilote son bateau parmi les écueils; il contourne en virtuose les obstacles et s'engouffre sans hésiter au milieu des passages étroits.

Les enfants alignent leurs têtes ébouriffées par le vent; les chemises claquent sur la peau. On rit, on grimace, le bruit du moteur imposant ces joyeux échanges de mimiques.

L'embarcation frôle des îles surgies du bleu intense de la mer; la lumière jaune du soleil réchauffe le gris des parois, tantôt abruptes, tantôt inclinées; dans les enfractuosités s'accrochent des coussins de végétation rabougrie. Une ou deux cabanes habitent parfois une pointe dépouillée.

On approche de l'Île-aux-Vents. Chaque été des familles de pêcheurs y aménagent avec armes et bagages pour la saison de la pêche. C'est en quelque sorte un lieu de villégiature pour les habitants de Petite-Baleine; ils retrouvent avec bonheur leurs maisons entourées d'horizon, fuyant le *stress* du village et la *foule* de ses quatre cent trente-trois habitants!

Les constructions, érigées sur le granit de la périphérie de l'île, résistent miraculeusement au vent constant qui secoue les maigres broussailles de cette coupole chauve. Les quelques vêtements tendus sur les cordes battent frénétiquement l'air pur. Un vieux répare ses filets, assis devant l'usine de harengs salés. L'entrepôt, aujourd'hui déserté par les ouvriers, repose dans la pénombre. On y devine les ventres ronds des barils de poissons et les mouches doivent bourdonner autour des établis émaillés d'écailles séchées. Des enfants courent sur le rivage ensoleillé; leurs cris mêlés de rires escortent à distance la barque des Monger. Un chien excité cabriole entre leurs jambes.

En doublant le quai, Amédée ralentit près des poutres vermoulues afin de saluer un groupe de pêcheurs discutant avec animation. Visiblement mécontents, ils déplorent la perte de deux cent cinquante kilos de morue. Cela arrive fréquemment: le bateau chargé de ramasser leur poisson et de l'acheminer à l'usine de la région a négligé de s'arrêter chez eux. Faute d'installations adéquates, on ne peut conserver la morue à l'Île-aux-Vents; les hommes la rejettent donc à la mer, réduisant à néant des heures de dur labeur. Monsieur Monger s'éloigne du quai en hochant la tête. L'incident alimente la conversation jusqu'à ce que le vrombissement du moteur, en s'accentuant, interdise tout commentaire.

Vingt minutes plus tard, on accoste sur une île couverte de verdure où les fruits des plaquebières poussent en abondance: l'Île-aux-Chicoutés. Pauline Monger aide son mari à transporter les victuailles, les enfants se partagent l'attirail de contenants indispensables à la cueillette et Martin amarre la chaloupe. L'habitude du geste et une certaine insouciance lui font commettre une imprudence: il enroule négligemment la corde autour d'un gros rocher. Amédée, là-bas, ne voit rien; les autres, dans l'action et la gaieté du moment, ne songent pas à surveiller leur frère qui les rejoint bientôt, sa manœuvre achevée.

Les chicoutés, sur leurs tiges, semblent s'offrir aux visiteurs. Effectivement, le beau fruit orangé se détache facilement du plant; les bols se comblent en un tour de main et leur contenu va grossir la récolte qui s'accumule dans les seaux. Monia, considérant les provisions amassées, les évalue déjà en termes de tartes, de pots de gelée ou de confiture. Sans compter les quantités appréciables que l'on déguste sur place!

Le soleil monte, la chaleur devient plus intense et ralentit l'ardeur des travailleurs. Chacun prend conscience de sa fringale. D'un accord tacite, on abandonne sa tâche: les plats vides roulent sur la mousse tiède où l'on se laisse tomber, savourant la douceur de l'instant.

Même en pique-nique, le dévouement de madame Monger ne fléchit pas. Luttant contre le vent, elle étend une nappe récalcitrante sur laquelle elle dispose, avec tout le talent d'un vendeur, des aliments soigneusement emballés. Elle confectionne un sandwich, verse une tasse de thé, s'inquiète du bien-être des grands autant que des petits. Elle-même se contente de grignoter quelques miettes ici et là; après tant d'années passées à oublier sa faim au profit des siens, son estomac, toujours satisfait le dernier, semble s'être atrophié. Sa taille menue en témoigne: malgré douze maternités et sept enfants vivants, Pauline Monger demeure frêle d'apparence; un calme inaltérable émane de sa figure pâle et cette paix a des reflets changeants, variant de la sérénité profonde à l'extrême lassitude.

L'air du large aiguise les appétits et le repas, délicieux par surcroît, s'engloutit rapidement. Maintenant, personne ne bouge; on cède à l'engourdissement du farniente, causant de la beauté du pays et du bonheur de vivre sur la Côte.

— Ouais, on est vraiment bien ici; on...

Amédée interrompt sa phrase. Il fronce les sourcils et l'inquiétude voile subitement son visage: au sud, entre ciel et mer, une ligne blanchâtre souligne l'horizon: le brouillard! Il avance droit sur la côte, impitoyable, opaque, recouvrant tout, enveloppant la moindre chose. Les plus téméraires abdiquent devant la brume noire, cet ennemi léger et silencieux, plus redoutable qu'une mer en furie.

— Vite, à la chaloupe!

La famille obéit de bon gré au commandement du père: tous saisissent la gravité de la situation. Les restes du repas se rangent précipitamment dans une boîte, chacun emporte sa part et redescend vers le rivage. Les plus vieux ferment la marche, traînant la lourde récolte de chicoutés. Les mains serrées sur la poignée de son seau, Amédée dévale la pente le plus hardiment possible, attentif aux accidents du terrain. Il surveille constamment le sud-ouest et cela ne le rassure guère.

Les premiers à rejoindre le rivage s'étonnent de ne point trouver la chaloupe à l'endroit escompté mais ils ne s'alarment pas: en pareilles circonstances, l'énervement engendre souvent des méprises et, se disent-ils, leur hâte les aura égarés. Ils longent le bord de l'île, inspectent les criques en vain. Ils renoncent bientôt et rebroussent chemin: force leur est d'admettre la disparition du bateau. Monsieur Monger vient d'arriver près de l'eau; son sens inné de l'orientation le place devant la même évidence, sans qu'il ait besoin de chercher plus loin. Penaud et humilié, Martin essuie philosophiquement la colère de son père. Il donnerait volontiers sa dent d'ours s'il pouvait renouer l'amarre.

Mais les remords n'arrangent rien. Le brouillard gagne du terrain. Les minutes deviennent précieuses. Il faut absolument quitter ce lieu avant d'être cernés par la brume qui dure parfois des jours. La compagnie se disperse sur le pourtour de l'île, dans un ultime effort pour récupérer la chaloupe. Si chacun nourrit l'espoir de la découvrir, coincée entre deux rochers, on sait bien qu'il y a peu de chance que cela se produise. Et le temps passe, confirmant les présomptions. On fouille les rives inutilement, les recherches fébriles n'ayant pour tout résultat que de saper le moral. Les tristes hypothèses deviennent réalité, et l'avenir ne laisse plus de doute.

Le danger se précise; partir maintenant serait impossible, en supposant qu'ils en aient les moyens. La brume arrive, menaçante, et monsieur Monger court sur l'île encore ensoleillée afin de rassembler les membres de sa famille. C'est alors que l'on constate l'absence de Monia. Elle demeure introuvable et sourde aux appels répétés des siens. En outre, aucun ne peut dire quelle direction elle a empruntée.

— Ne bougez pas, ordonne Amédée, je vais la ramener. Victor! Prends la gauche, je m'occupe de l'ouest!

— Je piquerai au nord, clame Martin, il faut bien quelqu'un de ce côté.

Conscient de sa responsabilité dans le déroulement des événements, il tient à faire sa part. Amédée finit par consentir et les trois hommes se séparent, suivant le plan établi. Victor, l'aîné, se dirige à l'est, son père attaque le versant ouest et Martin coupe la colline vers le nord. L'îlot se réduisant à quelque six kilomètres de circonférence, Monia se trouve certainement à proximité, sur le chemin du retour; à moins qu'elle n'ait eu un accident... Cela serait étonnant mais, dans une telle éventualité, ils la localiseraient rapidement.

Martin progresse parmi les broussailles en scrutant l'horizon; il souhaiterait qu'apparaisse miraculeusement la silhouette de sa sœur. Cependant, il hurle son nom sans conviction. Une étrange certitude lui fait pressentir l'inutilité de son geste. Il parvient sur la crête de l'île et son regard anxieux parcourt le pente rocailleuse qui descend vers la mer. Hélas, rien ne bouge, aucun élément insolite n'attire son attention. L'émotion, toutefois, le remue un instant: au large, là-bas, un bateau! Leur bateau! La déception et l'impuissance succèdent à la joie, ses jambes flageolent. Il avait d'abord cru à la venue providentielle d'une barque susceptible de leur porter secours; puis, ayant reconnu avec excitation leur propre embarcation, il déchante aussi vite: vu la distance qui l'en sépare, il ne peut qu'assister, affligé, à la dérive de leur bien. Et puis le sort de Monia lui revient en tête: même s'il recouvrait la chaloupe, comment fuir l'île en abandonnant sa sœur?

Le garçon sursaute: venue de derrière, la fraîcheur de l'ombre a brusquement détrôné le soleil qui glisse jusqu'au pied du tertre et bat en retraite sur la mer, fermement repoussé par la grisaille. Un souffle humide balaie le sommet du morne. La brume est là, prête à engloutir l'îlot. La brise apporte déjà des lambeaux de brouillard, avant-garde du grand front opaque qui arrive. Martin frissonne instinctivement. Il a peu de temps pour retrouver les autres avant d'être désorienté par la brume. Il inspecte une dernière fois le versant, suit des yeux chaque échancrure de la rive. Son imagination l'abuse, il lui semble apercevoir Monia partout. Tourmenté et culpabilisé, il décide finalement de rejoindre la famille. Qui sait? Peut-être y a-t-il du nouveau de ce côté? Cette pensée le console et, le retour s'annonçant pénible, il entreprend résolument la descente du morne.

Une muraille de nuages glisse sur le sol, d'une telle densité que l'on voit nettement s'y enfoncer les éléments du paysage. Martin lui-même pénètre bientôt au cœur de cette consistante vapeur d'eau, ne disposant plus que de deux mètres carrés pour diriger ses pas. L'identification des lieux devient du coup fort difficile: un rocher ressemble à un autre rocher, un paquet d'arbustes à un paquet d'arbustes. Heureusement pour l'adolescent, l'angle accentué du terrain l'entraîne du moins vers le rivage. Il exploite ce maigre indice et chemine lentement, à l'affût d'une branche cassée ou d'une dépression dans la mousse qui l'aideraient à retracer son trajet précédent. Soudain, il entend des cris: son père! Mais les appels lui parviennent de la gauche; et, si ses calculs s'avèrent justes, Amédée devrait se trouver en avant, sur

sa route. Martin comprend qu'il s'est égaré. Affolé, il répond avec force. Au bout de quelques secondes, son cri résonne dans la ouate du brouillard: cela à trois reprises, et en trois endroits différents! Le garçon réprime un mouvement de panique et reprend sa marche, conservant sa direction initiale. Il se répète que son intuition ne le trompera pas. Comment tenir compte des signaux d'autrui lorsque sa voix elle-même le trahit? Le chemin lui paraît interminable.

Il se remémore le sort tragique de ceux qui se sont laissés prendre au piège du brouillard.

Le cas de ce visiteur, il y a six ans, perdu dans la savane et miraculeusement retrouvé cinq jours plus tard. L'appât du gibier l'avait entraîné hors du village en dépit des mises en garde sévères de ses hôtes. Sa témérité avait eu raison de la plus élémentaire prudence: même par beau temps, il est hasardeux de s'aventurer seul loin des postes habités, dans ce pays à la géographie déroutante. Bien vite le chasseur s'était égaré, commettant l'erreur de chercher son chemin pendant les quatre jours que persista la brume. Heureusement pour lui, il avait tourné en rond et, à tout le moins, cette marche l'avait gardé au chaud. On le retrouva sain et sauf, quoique affamé et terrorisé.

L'an passé, deux pêcheurs disparurent, surpris au large dans la baie de Bradore. Quelle folle présomption avait donc retenu au loin ces hommes d'expérience malgré les avertissements de leurs compagnons et l'évidence du danger? La pêche promettait d'être fructueuse et ils ont payé de leur vie d'avoir négocié à la mer quelques kilos de morue.

Sur l'eau, se laisser cerner par la brume est une erreur souvent fatale. Martin connaît bien l'affreuse impression d'isolement et d'impuissance ressentie lorsque le brouillard enveloppe la chaloupe. Plus de nord, plus de sud, ni est ni ouest. Nul rayon de soleil qui puisse percer l'implacable écran et orienter le navigateur. Uniquement le clapotis des vagues contre la paroi du bateau et l'angoisse de la dérive. L'ignorance du lieu, l'incapacité d'évaluer la vitesse du courant. Aucun repère, pas même le hasard des banquises flottantes soumises elles aussi aux caprices des flots.

« Au moins, je suis sur la terre ferme et l'île est petite », se dit le garçon. Pourtant, il ne parvient pas à se convaincre. Qu'importe la dimension de l'île ? Il risque fort d'errer jusqu'à la nuit et davantage. Cette perspective n'a rien de rassurant : passer plusieurs heures assis sur un rocher, en pleine obscurité, grelottant de froid et... d'incertitude. Martin se rappelle ce vieil homme de Blanc-Sablon, aveuglé par la poudrerie, mort à quelques pas de sa maison qu'il ne pouvait discerner. Écartant ces pensées troublantes, il essaie de se concentrer.

« Eeh ! Eeh ! Eeh ! » Le cœur de l'adolescent bat violemment : n'a-t-il pas entendu des rires ? « Eeh ! Eeh ! Eeh ! » Mais oui, des éclats de rire ! Un membre de la famille se cache sûrement aux alentours, s'amusant de son embarras. Le soulagement de Martin ne dure guère. En décelant la provenance du bruit, il identifie ce qu'il avait pris pour une manifestation de joie : des cris d'oiseau ! Quelle méprise, quelle déception ! Comment a-t-il pu confondre l'appel de cet oiseau familier avec une voix humaine? « Réellement, déduit-il, je perds mon sang-froid. » Paradoxalement, cette constatation lui redonne de l'assurance. Son indomptable orgueil triomphe de son désarroi. « Ça suffit, se commande-t-il, je reviendrai à mon point de départ, dussé-je me déplacer par nuit noire. »

Il entend parfois des bruits auxquels il prête une attention relative, redoutant de se tromper encore. Il se méfie des caprices de la brume ou des illusions auditives. Bien qu'il ait cru saisir une association de sons ressemblant à des paroles, il n'ose accorder de l'importance au phénomène. Cependant, cela se précise. Oui, cette fois...

— Martin! Tu m'as effrayée!

Le brouillard est si épais que l'adolescent a pratiquement trébuché contre sa mère. En recouvrant celle-ci, il distingue aussi les membres de la famille réunis autour d'elle. Une joie mutuelle se lit sur les visages. Pourtant, le soulagement s'estompe rapidement: le père et le frère aîné sont également revenus bredouilles. Accablé, Martin s'affaisse à côté de sa mère qui a peine à refouler son chagrin. Les autres n'en mènent guère plus large.

La température refroidit. La tristesse, autant que l'humidité, morfond tout le monde. La nécessité de fabriquer un feu absorbe le groupe un moment. On s'affaire à amasser du combustible. Les chandails, évidemment, errent quelque part sur la mer, dans la chaloupe. Martin avoue avoir aperçu cette dernière, ce qui ne réchauffe pas l'atmosphère. Au reste, une embarcation ne changerait pas grand chose à la situation. Ils devront attendre que se dissipe la brume avant de tenter quoi que ce soit. Les gens du village, sûrement alertés, ne peuvent davantage venir à leur aide. Faute de mieux, Amédée émet diverses hypothèses sur la disparition de Monia, soucieux d'encourager sa femme.

L'après-midi tire à sa fin. Les plus jeunes, moins conscients de leur mauvaise posture, commencent à réclamer un repas. Le désir de satisfaire ses enfants distrait passagèrement Pauline Monger. Chacun, d'ailleurs, saisit cette occasion de faire diversion. Les parents se chargent de distribuer équitablement les restes du dîner. On ajuste les parts avec des poignées de chicoutés, ces fruits si joyeusement cueillis plus tôt dans la journée. Une portion, mise de côté pour la disparue, attend lugubrement au fond d'une boîte.

Vers vingt heures, le moral de la famille est à zéro. La nuit va bientôt tomber: le brouillard s'assombrit, le froid s'accentue. Le feu suffit mal à chauffer le cercle frissonnant qui se presse autour des flammes. Monsieur Monger a renoncé à réconforter sa femme; lui même a le visage ravagé par l'angoisse.

Martin réfléchit. Il pense aux promenades de Monia, aux traces de griffes dans le sable. À présent, il établit un lien entre ces marques et la disparition de sa sœur. Il s'en veut d'avoir négligé ce détail et cela ajoute à son tourment. Espérant reconquérir l'amitié de la jeune fille tout en conservant l'estime de sa mère, il avait toujours gardé le silence sur ces événements et calmé la curiosité de madame Monger par des mensonges. Maintenant, il est trop tard. Il doit se taire et porter seul le poids de son secret. Le contraire ne servirait qu'à aviver le désarroi de ses parents.

Révisant son comportement des derniers mois, l'adolescent se sent envahi d'une tendresse subite pour sa sœur jumelle. Il lui semble l'avoir mal comprise.

Comment a-t-il pu fermer les yeux sur une succession de faits aussi insolites, sacrifier la sécurité de Monia au profit de sa gloriole personnelle? L'orgueil, l'égoïsme et l'inconséquence l'ont entraîné à minimiser la portée de certains incidents. Émoustillé par le rocambolesque de cette histoire dont il avait d'abord nié l'intérêt, il ne lui était jamais venu à l'esprit que cette *chose* pourrait éventuellement représenter quelque danger. Loin de se poser en protecteur discret et respectueux, rempli d'abnégation, il n'avait même pas reconnu à sa sœur le droit à la vie privée, à l'autonomie. Il concevait son investigation comme un devoir viril. Peu importait la sensibilité de la jeune fille. Il lui incombait de la ramener à un comportement moins extravagant. Ce rôle dont sa mère l'avait investi lui procurait énormément d'assurance.

Chose contradictoire, Martin constate que c'est précisément en voulant user de ses prérogatives de mâle et régenter la conduite de Monia qu'il a négligé de poser des gestes appropriés, essentiels, de prendre des décisions urgentes quant à la situation: pendant qu'il jouait tranquillement les détectives, Monia lui échappait chaque jour davantage, envoûtée par cette *chose* qu'il n'a pas réussi à identifier.

Un autre sentiment le bouleverse.

Il avait toujours souri des convictions de sa sœur. Il se demande maintenant si, à l'instar des mystérieuses randonnées dont il avait sous-estimé l'importance, les opinions farfelues de cette dernière ne pourraient être envisagées autrement. Et si elles s'avéraient plus sensées, justes et réalistes qu'on ne le croit? Et si Monia ne saurait vraiment être heureuse qu'en agissant d'une manière habituellement réservée aux garçons? En ce cas, elle doit trouver pénible de ne recevoir aucun appui. Bien plus, de se buter régulièrement aux taquineries de la famille alors que lui et ses frères jouissent de nombreux encouragements dans leurs entreprises. Il s'explique mieux les réflexions tantôt humoristiques, tantôt cyniques de la jeune fille. Ces remarques ne trahissent peut-être qu'à demi des sentiments bouillant à l'étouffée. Ne souffre-t-elle pas davantage qu'elle n'ose l'avouer, elle que l'on qualifie souvent d'agressive?

Cette pensée le remplit d'émotion. Une foule de souvenirs émergent de sa mémoire. Une journée passée à s'amuser entre amis en sachant que sa sœur l'attendait, telle circonstance où il s'était montré exigeant et autoritaire, telle attitude arrogante de sa part. Il reconnaît avoir agi en dictateur. Inconsciemment, en vieillissant, il s'est persuadé de sa supériorité et convaincu de certains devoirs de sa jumelle à son égard. Il souhaite ardemment la retrouver saine et sauve afin de réparer ses maladresses. Entre temps, atterré par les conséquences de ses lacunes et l'étourderie commise ce matin, il se peletonne davantage en voûtant le dos.

Les aliments pour le feu se raréfient. Les Monger ont facilement épuisé leur médiocre moisson de brindilles et de bois sec. Avec le soir, il devient hasardeux de s'éparpiller en quête de matières inflammables et les tournées de reconnaissance s'accompagnent de mille précautions.

Le sol visible se limite à quelques mètres carrés de broussailles verdâtres ; la brume s'effiloche entre ces branchages, animant seule ce paysage fantasmagorique. Même les bruits semblent irréels. L'obscurité grandissante accentue la désolation du décor.

Les enfants ne badinent plus ; tantôt presque insouciants, ils se pressent instinctivement contre leurs parents à mesure que la lumière brunit. Malgré l'absence de soleil, malgré la brume, l'heure a quelque chose de singulier : entre chien et loup, on sent basculer le jour. Le groupe infortuné, muet, laisse venir la nuit.

Et voilà qu'une sorte de plainte se fait entendre, issue d'on ne sait où. Elle s'élève à intervalles réguliers, sans qu'on puisse l'identifier. Les jeunes ouvrent des yeux effarés, les autres se consultent du regard. Tous tendent l'oreille. Cela cesse un moment puis recommence, de façon plus précise. On dirait un chant, une voix. Un chant et une voix familière. D'un seul bond, monsieur et madame Monger s'élancent vers le bord de l'eau :

— Monia ! Monia ! crient-ils, fous de joie.

Silence. Puis un cri :

— Où êtes-vous ?

Le reste de la famille s'est levé d'emblée et court aveuglément vers les rochers du rivage, trépignant d'impatience.

— Monia ! Monia ! hurle-t-on à l'unisson.

Elle apparaît soudain, surgissant de la brume, essoufflée mais radieuse. Près d'elle, une masse claire vient buter lourdement sur une roche : la chaloupe ! La chaloupe que Monia rapporte intacte, les mains solidement agrippées à l'amarre.

Frères et sœurs se bousculent pour embrasser la revenante, haler l'embarcation et sauter à l'intérieur de celle-ci, heureux de retrouver leurs biens. Les parents demeurent un instant spectateurs ; ils assistent à cette joyeuse effusion en savourant leur bonheur. Au soulagement se mêle aussi l'incrédulité : comment diable a-t-elle pu récupérer l'embarcation en pleine mer ?

Martin, également rayonnant, n'est pas le moins troublé. Ce nouveau mystère fait déborder la coupe. Il se perd en conjectures, complètement désarçonné.

— Enfin, Monia, allègue monsieur Monger, Martin a clairement vu, aujourd'hui, cette chaloupe dériver au large. Il est impossible qu'on ait pu la ramener ici. Nous expliqueras-tu ce que cela signifie ?

— Vraiment ? s'étonne Monia, souriante. Il se méprend, assurément. Le courant entraînait effectivement notre barque, mais à quelque pas du rivage seulement. En me déchaussant, je l'ai rejointe aisément.

— Les choses se sont bien déroulées ainsi ? insiste madame Monger.

— Voyons, maman, comment veux-tu qu'elles se soient déroulées ? J'ai aperçu la chaloupe à courte distance et me suis empressée de l'empoigner avant qu'elle ne s'éloigne trop.

Martin et ses parents se concertent du regard, sceptiques. D'un signe furtif à son père, le garçon réitère avoir vu l'embarcation en pleine mer.

— Ma parole, tranche sa sœur, pourquoi vous tracasser de la sorte ? Il n'y a aucun motif de nous tourmenter, maintenant. Nous sommes réunis et l'embarcation est solidement amarrée.

Ce disant, elle adresse un clin d'œil moqueur à Martin qui le lui renvoie, bon joueur. Puis, elle se masse vigoureusement les bras et déclare, se dirigeant vers la lueur des flammes :

— Allons près du feu. Je commence à frissonner et cette marche m'a creusé l'estomac. Reste-t-il un peu de nourriture ?

Remettant la discussion à plus tard, ils s'acheminent vers la chaleur, raflant au passage mousses et branchettes susceptibles d'entretenir le foyer.

Martin, quant à lui, se jure bien d'élucider cet ultime mystère.

Cette nuit-là, on dormit sur l'île, combattant le froid en se serrant les uns contre les autres, adossés aux rochers, calés dans la mousse mouillée. Qu'importait : on finirait bien par la quitter, cette île, tous ensemble, avec la barque d'Amédée.

La brume se leva le lendemain après-midi.

VIII — LA SORCIÈRE

Malgré les recommandations des Monger à leurs enfants, l'histoire fit rapidement le tour du village. Les plus jeunes ne résistèrent pas au plaisir de rapporter ce fait excitant à leurs petits amis, lesquels se chargèrent de propager la nouvelle. À l'insu des principaux intéressés, l'incident acquérait des proportions considérables. Monia devait le réaliser le mercredi suivant, en pénétrant dans le magasin général de Cyril Marcoux.

La journée est ensoleillée. Un vent chaud, humide et régulier, souffle sur la côte. Ce vent familier qui nivelle tout, qui ronge les rochers, qui soulève et fait claquer les vagues, qui brûle les arbres et couche au sol les fleurs trop fragiles dont on a orné le devant des maisons. À cause des amoncellements de sable, on maintient fermée la lourde porte en bois de l'épicerie. Monia pousse le loquet. Les pentures grincent et les quelques personnes réunies près du comptoir se retournent simultanément vers l'entrée, dévisageant l'arrivante. Cette dernière éprouve un malaise inattendu : visiblement, les gens entretenaient une conversation qu'elle vient d'interrompre et leur façon insistante de l'examiner laisse présumer que l'on parlait d'elle. Que peut-on raconter à son sujet ?

— Bon, déclare l'un d'eux en emportant ses achats, à la prochaine !

— Tu salueras Clémence; j'espère qu'elle se remettra bientôt, dit une femme en saisissant un colis.

L'un après l'autre, les clients quittent l'établissement, comme si la présence de Monia les indisposait. Perplexe, cette dernière s'approche du propriétaire qui, le dos tourné, s'occupe à ranger des produits sur une tablette. Chacun feint d'ignorer l'atmosphère de gêne flottant entre eux. La jeune fille n'ose interroger le marchand, craignant de se voir confirmer ce qu'elle soupçonne. Elle se persuade de mal interpréter l'attitude des personnes.

— Hum, je voudrais du sucre.

— Du sucre? Quelle quantité, ma fille? répond Cyril Marcoux en faisant volte-face.

— Quatre kilos s'il vous plaît. Maman...

À dessein de meubler le silence, Monia s'apprête à expliquer que sa mère utilise plus de sucre que prévu, la récolte de chicoutés ayant dépassé leurs espérances. Elle s'arrête, réalisant subitement que c'est précisément cela qu'elle doit éviter de rappeler: leur incursion sur l'île et ses péripéties. Elle rougit, embarrassée quant à la manière de terminer sa phrase.

— Ta mère? insiste monsieur Marcoux, une lueur d'intérêt dans le regard.

— Maman en a besoin, coupe-t-elle en tendant l'argent.

Elle baisse maladroitement les yeux sur le sac de sucre, attendant que l'homme lui remette sa monnaie; puis elle tourne les talons et se précipite vers la sortie.

Dehors, la caresse capiteuse du vent la rassérène. Elle va d'un pas hardi, soulevant du talon la poussière de la route. Amusée par son manège, elle ne remarque pas deux garçons de son âge qui la croisent.

— Salut la sorcière ! lancent-ils, sarcastiques.

— Imbéciles ! rétorque à brûle-pourpoint Monia, sans s'attarder.

Le sobriquet l'a décontenancée et cette invective est l'unique réplique qui lui soit venue à l'esprit. À présent, elle ne peut plus se leurrer sur l'incident du magasin général. On répand effectivement des ragots sur son compte et ce n'est certes point ces adolescents gouailleurs qu'elle consultera afin d'en apprendre davantage. Soucieuse, elle descend le talus qui surplombe sa demeure. Une amie de sa jeune sœur Nancy gravit justement la côte; apercevant Monia, Mireille s'immobilise en écarquillant les yeux :

— Eh, s'exclame-t-elle, admirative et incrédule, est-ce vrai que tu marches sur l'eau ?

— Qui t'a raconté cela ? explose Monia, excédée.

— Nancy nous a juré que tu t'étais promenée sur la mer, affirme l'enfant. Est-ce vrai ?

— Ah ! La grande langue ! vocifère l'adolescente.

Elle se hâte vers la maison, abandonnant Mireille à son interrogation. Elle ouvre la porte avec fracas, dépose rageusement son paquet et interpelle sa sœur, frémissante de colère.

— Nancy ! Nancy ! Viens ici immédiatement !

Madame Monger surgit dans la pièce, manifestement irritée.

— Sais-tu ce qu'elle colporte partout ? gronde l'adolescente.

L'expression de sa mère la convainc que cette dernière, renseignée, a déjà vertement réprimandé la coupable.

— Je suis au courant, en effet ; et aussi Petite-Baleine, au complet.

Son ton devient cassant :

— Je te préviens, je ne supporterai pas longtemps ces commérages. Les gens commencent à rire de nous pour de bon. Pire, on prétend qu'il y a quelque chose d'anormal dans cette histoire. À mon avis, ils sont loin d'avoir tort. Je veux connaître le fond de cette affaire, tu m'entends ? Tu dois nous avouer la vérité. D'abord, *qui* vas-tu rejoindre à la cabane à Marcoux ?

Monia est médusée. Sa mère, d'un caractère si égal, s'emporte, se fâche, et c'est contre sa fille qu'elle s'enflamme. Décidément, constate l'adolescente, je suis seule de mon clan : la famille, le village, tous se liguent. Vaincue par tant d'hostilité, elle court se réfugier dans sa chambre.

— Tu verras, menace madame Monger, en quel état rentrera ton père.

Affalée sur son lit, les poings serrés, la jeune fille donne libre cours à son chagrin. Que faire ? Elle se trouve acculée à une impasse: mettre un terme à ces rumeurs et révéler son secret ou honorer son serment et tourmenter sa famille. Où puiser conseils et réconfort? Des larmes tièdes rafraîchissent son visage crispé. Au flot salé se mêlent la douceur de la salive et le goût sucré de la morve qui coule de son nez. Des mèches humides collent à sa figure enfouie dans l'odeur du coton mouillé. Ses sanglots s'apaisent peu à peu. Un vide bienfaisant occupe sa tête. Elle ne pense rien, ne sent rien. Ses yeux rougis fixent les triangles multicolores de la courtepointe, son regard erre sur le lit, au gré des formes et des couleurs.

Une idée jaillit. Monia soulève le torse, s'appuie sur les coudes. Elle réfléchit, manie mentalement le projet, considère ses différents aspects. Oui, sa décision est prise.

D'un bond, elle saute sur ses pieds, se dirige vers la porte qu'elle entrouve prudemment afin de vérifier si la voie est libre. Elle retire de la lingerie une couverture de laine qu'elle roule soigneusement puis monte à la cuisine remplir d'eau sa gourde et se saisir d'un croûton de pain. Elle glisse ces objets à l'intérieur d'un sac de papier et quitte enfin la maison en s'assurant que personne ne la suit.

Il est presque midi. Le soleil inonde toute chose d'une lumière à la fois forte et douce, tamisée d'humidité. Le vent puissant enveloppe Monia, lisse ses cheveux, dégage son front, efface sur ses joues les dernières traces de sa peine. Elle aspire profondément l'odeur de l'air, gonfle la poitrine jusqu'à s'étourdir. Un seul désir agite son esprit fraîchement lavé de tout souci: fuir Petite-Baleine vers ces vastes

espaces qui filent à l'horizon, retrouver la complicité de son *compagnon*. À hauteur du bureau de poste, distraite par son imagination, elle regarde sans vraiment la voir la bande de Pierre Marcoux. Le passage de Monia, par contre, pique énormément la curiosité des jeunes assis au pied de l'escalier. Ils suivent des yeux la silhouette de la jeune fille.

— Je me demande où elle va.

— Vers l'Anse de l'Est, il me semble.

— L'Anse de l'Est? Hé! Hé! C'est justement là qu'ont lieu ses rendez-vous mystérieux.

— Des rendez-vous avec qui?

— Ça, nul ne veut le dire. Moi, j'ai ma petite idée là-dessus.

— As-tu des détails précis?

— Je possède les mêmes informations que les autres. Seulement, je ne crains pas de les interpréter.

On devine facilement ce qui se passe à cet endroit. Pourtant, depuis le temps que cela dure, personne n'a eu le courage de le formuler ouvertement. On a la frousse.

— La frousse?

— La frousse, oui. Écoutez, on a vu des traces de griffes et des brûlures sur les murs du cabanon. Monia devient de plus en plus bizarre, solitaire, agressive. Elle est impliquée dans des phénomènes extraordinaires et refuse de commenter les faits. Nul besoin de preuves supplémentaires pour se rendre à l'évidence.

— Crois-tu réellement que...

— Je ne le crois pas, j'en suis convaincu.

— ...

— Tenez, voulez-vous vérifier sur-le-champ ce que j'avance? Si vous doutez, il suffit d'espionner Monia dès ce midi.

— ...

— Alors, vous êtes d'accord? Décidez-vous avant qu'elle ne disparaisse.

— Bon, allons-y!

Le toit de la cabane surgit au-dessus de la butte. Monia soupire d'aise. Elle ne souhaite rien d'autre que s'asseoir là, s'adosser contre la paroi de bois écaillée, rude, brûlante de soleil. Seule avec *lui*, en complète harmonie, isolés, protégés par la solitude de la côte, purs joyaux incrustés en cette immense et colossale terre de granit. Aux frontières du rêve et de la réalité, au pays sublime de la plénitude où l'espérance est superflue.

Elle se laisse choir sur un rocher rose, doux et chaud comme de la peau. Immobile, renversée sur le dos, les rayons du soleil chauffant ses paupières closes, les oreilles assourdies par le vent et le bruit des vagues, un piquant parfum d'iode à fleur de narines.

La clameur de la mer, en couvrant leurs voix, facilite la tâche des jeunes lancés à la poursuite de Monia. Ils suivent cette dernière en toute quiétude mais, sitôt la cabane en vue, ils s'appliquent à camoufler leur présence: si près du but, il serait décevant d'échouer pour un mouvement d'impatience. Or, ils commettent une lourde erreur. Ne pouvant distinguer la jeune fille allongée sur une pierre plate à quelques mètres de la maisonnette, ils la supposent à l'intérieur de cette dernière. Croyant la surprendre en flagrant délit, le groupe, au contraire, se heurte inopinément à l'adolescente.

La surprise, égale dans les deux camps, suscite cependant des réactions fort différentes. Alors que la bande s'esclaffe et tourne l'incident à la blague, la jeune fille, ébahie, oscille entre la tristesse et la révolte. Incontestablement, la journée continue telle qu'elle a débuté. Monia cède finalement à l'effusion de ses sentiments. Déchaînée, elle exprime simultanément rage et douleur, pleurant et criant, l'émotion déformant sa voix:

— Me laissera-t-on en paix, à la fin?

— Voyons, tempère Pierre Marcoux en s'approchant, ne prends pas les nerfs. Ce n'est qu'une farce, n'en fais pas un drame.

— Ne me touche pas! hurle Monia, avec un geste de défense presque violent.

— Bon, bon, je m'excuse, calme-toi.

— Allez-vous en!

— Nous en aller? Ha! Ha! Il faut d'abord nous dévoiler ce qui t'attire ici. Surtout, ne crains pas de nous étonner, nous soupçonnons la vérité.

Une passion intense, indomptable emplit alors le regard de Monia:

— Jamais! Jamais je ne te révélerai la plus minuscule parcelle de mes affaires! Espèce de crâneur! de fanfaron!

— Dis-donc...

— Que sais-tu donc? Que veux-tu insinuer? Il n'y a ici que cette vieille remise, les rochers et la mer. Vois-tu autre chose, toi si fort, si compétent, si savant?

Hors d'elle, l'adolescente empoigne son sac de papier:

— Je vous déteste! Je vous déteste! jette-t-elle une dernière fois en abandonnant l'endroit.

Pierre Marcoux cherche un commentaire qui tournerait la scène à son avantage. Son autorité de chef lui interdit de demeurer bouche bée et ses camarades attendent son verdict avant de se prononcer eux-mêmes: ses paroles détermineront leur attidude.

— Vous voyez, sanctionne-t-il enfin, une vraie possédée !

Les autres se rallient à cette opinion :

— En effet, elle semblait envoûtée !

— Réagir ainsi, ce n'est pas normal !

— Elle a complètement perdu la tête ! À mon avis, elle a paniqué parce que nous avons failli découvrir le pot aux roses.

Pendant qu'ils discutent, dos à la mer, une forme sombre émerge des eaux agitées, se maintient un instant en surface puis s'engloutit à nouveau.

Depuis trois jours, Monia se barricade dans sa chambre. À peine sort-elle quelques minutes, à la dérobée, pour avaler un peu de nourriture. À son retour de l'Anse de l'Est, le mercredi précédent, elle avait essuyé les foudres de son père, d'autant plus irrité qu'il avait simultanément pris connaissance des rumeurs concernant sa fille et de la fugue de celle-ci hors du village. Pour le moins, le sac de papier et son contenu étaient passés inaperçus. L'air bouleversé de l'adolescente et son silence avaient achevé d'exaspérer monsieur Monger. En conséquence, il lui avait formellement interdit de retourner à son lieu de prédilection tant qu'elle s'obstinerait à fermer la bouche. Ulcérée par cette ultime calamité, Monia s'était précipitée dans sa chambre en claquant violemment la porte. Elle avait même tourné la clef en prévision d'une nouvelle offensive de la famille, ignorant le souper qui s'était déroulé dans une atmosphère tendue. Alors qu'une longue discussion suivait le repas, la jeune fille s'était endormie tôt, vaincue par les émotions et la fatigue de cette lugubre journée.

Depuis trois jours, donc, Monia se terre dans son refuge, refusant de recevoir ses amis, fuyant tout contact avec les siens. Elle a tiré les rideaux et demeure prostrée sur son lit, examinant la situation, cherchant désespérément une solution, ruminant son chagrin et l'incompréhension, la jalousie, voire la méchanceté des gens envers elle.

Les cancans vont bon train à Petite-Baleine. Les nouveaux faits rapportés par la bande de Pierre Marcoux viennent grossir le flot de potins qui traverse le village. L'absence remarquée de Monia fournit aux mauvaises langues l'occasion d'allonger la liste des ragots. Certains s'enhardissent à prétendre que les Monger ont décidé de cacher leur fille dont les lubies ont revêtu un caractère dangereux.

Le conflit atteint un point culminant. Devant le mutisme inflexible de l'adolescente et les vaines tentatives de conciliation de sa mère, on songe sérieusement à l'intervention d'un secours extérieur. Cette issue répugne à Martin ; depuis l'aggravation des événements, en effet, il guette le moment propice de venir en aide à sa sœur. Bien qu'il ne juge pas à propos de tenter une réconciliation directe, il tient à lui apporter discrètement sa contribution.

— Attendez, négocie-t-il, laissez-moi jouer une dernière carte. Mon flair m'assure que, par une investigation sur place, je trouverai un indice susceptible de clarifier ce mystère.

— Cela m'étonnerait énormément, remarque monsieur Monger. Pourtant, ça ne coûte rien d'essayer. Je suis d'accord.

— Tu ne t'inquiètes pas de le voir partir seul? s'exclame madame Monger.

— Penses-tu! ricane son mari. Je suis persuadé que notre fille a monté cette histoire de toutes pièces afin de passer le temps et se rendre intéressante. Malheureusement, elle commence à nous attirer beaucoup d'ennuis et nous devons mettre un terme à ces enfantillages.

— Et la barque? insiste sa femme en fronçant les sourcils.

— La barque? Bof... Il y a sûrement une explication, répond-il vaguement.

— Tout de même, tout de même... ajoute-t-elle, tournant la tête vers la fenêtre ouverte sur l'obscurité.

En face, dans la nuit chaude, on entend le chuintement régulier des vagues sur le rivage.

IX — UN ORAGE MARQUANT

C'est dimanche. Un brouillard mouvant fauche le sommet des mornes de Petite-Baleine. Une bruine persistante, filtrant à travers les nuages bas, trempe la région depuis le matin. La mer est lisse et grise. Les vagues molles remuent à peine le gravier propre de la plage et l'on voit tourbillonner de légers coquillages dans les bouillons clairs que le sable boit goulûment.

Le temps calme et la perspective de franchir plusieurs kilomètres dans les broussailles mouillées ont incité Martin à solliciter la chaloupe familiale pour effectuer le trajet jusqu'à la cabane à Marcoux. Promettant d'opérer l'aller et retour à l'intérieur de l'après-midi, il a obtenu cette permission.

Après quelques minutes de navigation aisée, le garçon prend pied sur l'escalier de pierre désormais témoin d'une succession de faits insolites. Il sourit en amarrant consciencieusement le bateau, se rappelant les suites extraordinaires de sa récente négligence. Reposé et détendu, il apprécie la rapidité du voyage qui l'a conduit à destination. Surtout, il dispose du temps nécessaire pour fouiller les lieux et attendre, au besoin, une manifestation quelconque. De qui? De quoi? Il l'ignore. Mais l'étrange intuition qu'un incident se produira ne le quitte pas. Le pressenti-

ment l'habitait déjà hier, lorsqu'il proposait à ses parents de venir ici.

Posément, il inspecte les grandes roches plates sur lesquelles est bâti le vieux cabanon. Les rochers identiques, humides et luisants, s'étalent sous l'horizon brumeux qui les dérobe rapidement. La pluie fine leur donne de l'éclat, avive les couleurs et accentue les contrastes des différents minéraux ; elle confère aux blocs de granit un caractère singulièrement vivant et austère. Martin explore avec circonspection, se figurant toujours découvrir un indice derrière une crête, au pied d'un escarpement, au creux d'une dépression. Aucune présence n'anime le terne paysage, pas même le vol d'un oiseau.

Il dirige ses pas vers la remise dont il constate le piètre état. « Elle ne résistera pas à l'hiver », évalue-t-il en longeant les murs délabrés à l'inclinaison marquée. Il pousse la porte retenue par une seule penture, pénètre à l'intérieur. Le plancher de bois, monté à quelques centimètres du sol, s'est écroulé depuis le seuil jusqu'en son milieu. La pièce vide semble au premier abord dénuée d'intérêt. Puis, à mesure que ses yeux s'habituent à la pénombre, Martin distingue des traces de griffes par terre, sur la section effondrée. Cette fois, Monia n'est pas là pour effacer le signe ou l'empêcher de l'étudier à sa guise. Il se penche, glisse les doigts dans les rainures. À quel animal peuvent appartenir ces empreintes ? Elles mesurent près de trente centimètres de long et pourraient fort bien provenir d'un ours. Le garçon secoue la tête. Quelle folie ! Monia parlant à un ours ! D'ailleurs, cela ne concorderait pas avec les événements de l'Île-aux-Chicoutés.

Ébauchant des hypothèses, l'adolescent se laisse choir sur le sol, à proximité de l'entrée. La pluie paraît s'intensifier et le souci de vérifier l'amarre l'entraîne au dehors. Sa manœuvre achevée, il réintègre sa place au centre de la cabane. Il ne parvient pas à se concentrer, à développer un raisonnement. Il éprouve à nouveau l'envie d'arpenter les environs et s'éloigne une seconde fois de son abri pour accomplir une tournée de reconnaissance. L'ondée le ramène bientôt en lieu sec. Accroupi près des griffures énigmatiques, il prend alors conscience de sa nervosité et s'efforce de dominer lucidement le trouble qui s'empare de lui. Pour se rassurer, il imagine les rencontres de sa sœur avec la *chose*: «Je n'ai pas à redouter une expérience que Monia renouvelle régulièrement». Cependant, il se rapproche de l'embrasure afin de surveiller adéquatement les abords de son refuge. «Je resterai jusqu'au souper», se commande-t-il. Et, les minutes s'écoulant, il parvient à maîtriser sensiblement son inquiétude.

L'après-midi touche à sa fin. Martin, quoique déçu de rentrer bredouille, s'apprête sans regret à déserter son poste d'observation. «Encore un quart d'heure», se dit-il, en consultant sa montre.

Brusquement, la pluie se change en violente averse. En un clin d'œil, une trame liquide serrée obstrue l'entrée de la cabane et martèle bruyamment les rochers; des ruisseaux, débordés des fissures, surgissent sur le rivage en pente. La surface de la mer blanchit, écorchée par le mitraillage des gouttes d'eau. L'abri de Martin le soustrait à la virulence de l'orage; cependant, la construction est loin d'être étanche. Afin d'endiguer les trombes d'eau qui s'engouffrent à l'intérieur, le garçon doit rabattre sur son cadre la porte mal ajustée, obscurcissant fatalement la pièce. Le jour, au reste, s'est considérablement assombri sous l'effet de l'intempérie. Des rafales bousculent d'énormes nuages noirs qui détalent en se chevauchant au-dessus de la côte, rasant le sol en maints endroits, bouchant l'horizon de leurs volutes opaques. Le vent creuse et soulève des vagues qui heurtent le roc et balancent la chaloupe avec une énergie croissante. Les conditions atmosphériques, manifestement, s'annoncent peu favorables au départ de Martin qui décide de retarder son retour jusqu'à l'acalmie prochaine.

Voilà une heure qu'il pleut à verse. La tempête, loin de s'apaiser, semble redoubler de vigueur. Tonnerre et éclairs se mettent de la partie. Pareils déchaînements sont ordinairement de courte durée. Celui-ci persiste exceptionnellement et Martin regrette son option. Il aurait dû retourner à Petite-Baleine dès les premiers signes de ce déluge. Maintenant, il n'ose entreprendre le voyage, au milieu des éléments en furie. Il soupire, agacé et contrarié: nulle distraction ne ménage son attente et sa position inconfortable lui pèse progressivement. Il doit se recroqueviller au centre de la cabane afin de se garantir des nombreuses fuites d'eau provenant du toit et des murs. L'inactivité et l'air fraîchissant de la tombée du jour le font frissonner. Il écoute le crépitement monotone de la pluie sur les vieux bardeaux, il observe machinalement la fréquence des coups de foudre. Sombrant dans une déplaisante torpeur, il perd graduellement la notion du temps.

Un silence agréable le tire de son engourdissement. On n'entend plus que le gargouillement des rigoles et le murmure de l'eau dégoulinant du toit. Une simple ondée persistante: la tourmente s'est éloignée. Il fait presque nuit.

Martin s'ébroue. « Quel retard! », constate-t-il, en se levant. Il s'oriente à tâtons, préoccupé par l'obscurité grandissante et les dangers de naviguer en de telles conditions. « Heureusement, papa laisse toujours une lampe tempête dans le bateau. Malgré cela... »

Bang!

Ce bruit le paralyse sur-le-champ. Un coup, une sorte de grattement sourd, a ébranlé la porte. Cela se produit à nouveau, deux fois, trois fois. Terrifié, le garçon se demande si le bois résistera à la poussée exercée de l'extérieur. Les ténèbres profondes l'empêchent d'identifier le *visiteur*.

— Qui est là? articule-t-il, d'une voix dont l'assurance l'étonne.

Aucune réponse, aucun mouvement. La *chose,* qui paraît rampante, lourde et massive, commence à se déplacer autour du cabanon en frôlent les murs. Sa progression lente semble s'effectuer par poussées successives ponctuées, à intervalles réguliers, d'un bref crissement ressemblant à celui d'un objet dur et pointu qui égratignerait la surface des rochers. À deux ou trois reprises, au cours d'une pause, la *masse* s'appuie contre les planches en exerçant une telle pression que ces dernières gémissent et plient dangereusement. Figé, la gorge sèche, Martin contrôle anxieusement l'activité de l'*inconnu*. Celui-ci achève de contourner la maison pour revenir à son point de départ, devant la façade. *Il* est là, à quelques centimètres derrière le mur. D'interminables minutes s'écoulent sans que l'adolescent ne remue un doigt. Puis, d'un geste explosif, il frappe violemment la cloison du poing:

— Qui est là? hurle-t-il.

— J'espère qu'il a pensé à revenir! déclare madame Monger en notant l'approche de la tornade.

Elle ne peut avaler une bouchée, va nerveusement de la table à la fenêtre, tressaillant à chaque grondement de tonnerre. Pour atténuer l'angoisse de sa femme et tempérer la sienne, Amédée se débrouille finalement pour emprunter un bateau et, avant même que ne cesse la tempête, se précipite avec Victor au devant de Martin.

C'est une entreprise périlleuse que de prendre la mer par méchant temps à la nuit tombante. Plus ils s'éloignent de Petite-Baleine, plus ils s'inquiètent de ne pas croiser Martin.

— Pourvu qu'il n'ait pas dérivé, lance monsieur Monger en essayant de couvrir le vacarme des vagues et du moteur.

— La mer est mauvaise! commente Victor, criant lui aussi.

Sans rencontrer âme qui vive, ils atteignent la cabane à Marcoux peu après que la nature se soit calmée. En dépit de l'obscurité, ils repèrent sans problème la barque d'Amédée.

— Curieux, remarque Victor en agrippant celle-ci pour faciliter l'accostage. Qu'est-ce qui retient Martin ici ? On n'aperçoit aucune lueur...

— Martin ! Ohé Martin ! s'époumonne son père.

Les deux hommes gravissent la terrasse rocheuse.

— Où se cache-t-il ? grommelle Amédée, camouflant son appréhension sous un accès d'humeur. Je ne vais pas moisir ici longtemps.

Ils s'approchent de la remise, promènent sur les murs vétustes les rayons lumineux de leurs lampes de poche, les immobilisent sur l'entrée. La porte pend lamentablement, fixée par son unique penture. Ils hésitent, évitant de se consulter du regard. Les fils ténus d'une pluie fine scintillent dans la clarté des lentilles. On perçoit le murmure de l'eau vive courant sur le sol.

— Allons voir là-dedans, suggère finalement monsieur Monger, comme à contrecœur.

L'intérieur est vide.

— Eh bien, ça ! On dirait quasiment que ton frère a disparu...

— Martin ! Martin ! hurle Victor dans la nuit noire.

Amédée a la science de la forêt et de la mer. Il sait mener une barque, pêcher la morue, le saumon, la truite, et piéger le homard. Il chasse le loup-marin aussi bien que le canard, la perdrix, le lièvre. Il connaît parfaitement son pays dont il apprécie les beautés incomparables et respecte les dangers. Il a essuyé force mésaventures, évité qu'elles ne tournent à la catastrophe. Un nouvel incident ne saurait le prendre au dépourvu puisqu'il compose désormais avec son expérience de la vie. Pourtant, ce soir, il est déconcerté. Il affronterait volontiers le pire adversaire alors que l'impuissance et l'incertitude lui font perdre contenance.

— Que pouvons-nous faire ? interroge Victor.

— Nous allons fouiller les environs. Il ne peut être loin...

« Cela risque d'être long », songe Victor en se mettant à l'œuvre.

En fait, leurs efforts s'avèrent rapidement inutiles. Au reste, la brume et la noirceur les exposent à s'égarer. La mort dans l'âme, ils se résignent à rebrousser chemin.

Alertée par un va-et-vient inhabituel, Monia prête l'oreille. Grâce aux bribes attrapées çà et là, elle comprend que Victor et son père partent vers la cabane à Marcoux, sur les traces de Martin. L'idée que son frère se soit rendu là-bas la déçoit suprêmement. Depuis quelques semaines, en effet, un rapprochement s'opérait entre les jumeaux. Cet adoucissement de leurs relations laissait présager un rétablissement de leur ancienne complicité. Or, à brûle-pourpoint, Martin vient de gâcher ces espérances : il complote encore afin de déchiffrer malgré elle le secret de sa sœur, il tente sournoisement de lui arracher ce qu'elle a de plus précieux.

Un coup frappé à la porte la distrait de son désappointement. Sa mère, le visage défait, pénètre dans la chambre et s'assied sur le lit. Elle lève sur sa fille un regard éploré :

— Écoute, dit-elle d'une voix lasse, je ne veux susciter aucune discussion ce soir. Je désire simplement te demander un renseignement.

Elle s'arrête un instant, s'assurant que l'adolescente a compris, puis elle reprend :

— Cet après-midi, Martin s'est rendu en bateau à l'Anse de l'Est, avec l'intention de t'aider.

— De m'aider ? s'étonne Monia.

— Oui, de t'aider. Il croyait découvrir là-bas un indice, un détail utile capable de nous éclairer à ton sujet, nous permettre de te comprendre. Il pensait que, de cette façon, nous aurions pu mettre un terme aux rumeurs du village sans te harceler davantage. Quelle tristesse ! Nous voilà obligés de recourir à de telles manigances parce que tu refuses de nous faciliter la tâche... Et maintenant, Dieu sait ce qui lui est arrivé ! Non seulement il n'est pas rentré, mais ton père et Victor risquent eux-mêmes un accident en lui portant secours.

Les yeux humides, elle saisit les mains de sa fille:

— Ai-je raison de m'inquiéter? Est-il possible qu'à cet endroit... enfin...

Saisissant l'objet de l'affollement de sa mère, Monia l'interrompt:

— Tu es folle d'imaginer des choses semblables! Rassure-toi, il n'y a rien d'épouvantable à la cabane à Marcoux. Je vous expliquerai... bientôt.

Elle retire ses mains de l'étreinte de sa mère, se détourne légèrement de cette dernière:

— Pas maintenant, ajoute-t-elle, un peu sèchement.

Madame Monger, malgré la froideur de Monia, semble récupérer son assurance. Sentant qu'il est inutile d'insister, elle se lève et se dirige vers la sortie:

— Au moins, j'espère qu'ils n'auront pas de misère sur l'eau.

Cette phrase trouble Monia. Le fait que Martin se soit secrètement efforcé de lui venir en aide l'affecte énormément. Cela lui ressemble si peu! Lui, consentir à respecter l'autonomie de sa sœur et, bien plus, lui fournir son appui en cachette! Pour la première fois depuis cinq jours, Monia éprouve une joie douce; une délicieuse chaleur réchauffe son désarroi. Elle serait presque heureuse mais, simultanément, la peur qu'il ne se soit effectivement produit un accident s'installe dans son esprit. Elle se rappelle l'orage du souper, considère l'heure tardive, le temps incertain et le trajet en bateau. Ses craintes se précisent. Elle redoute moins pour son père et Victor, hommes expérimentés; par contre, Martin se montre parfois téméraire, souvent fanfaron. N'aura-t-il pas commis une négligence, une maladresse?

Ironiquement, à l'instar de son frère sur l'Île-aux-Chicoutés, Monia se morfond sur les conséquences de son entêtement, sur le sort des membres absents. C'est à cause d'elle s'ils se sont mis en péril, si la famille se tourmente là-haut, dans la cuisine. Ce sera sa faute si un événement irréparable a lieu. Cette hypothèse la remplit d'effroi. Cela, elle ne se le pardonnerait jamais.

Elle a formidablement envie d'accueillir Martin, de lui témoigner sa reconnaissance, son amitié... de se confier à lui. Mais pourront-ils encore goûter l'enchantement d'une réconciliation? Pourra-t-elle encore parler à son frère? Comme elle regrette avoir refoulé ses impulsions des derniers jours, avoir reporté à plus tard ce dialogue auquel elle aspirait! Aura-t-elle une autre chance de tenir cette conversation?

Au bout d'une heure, n'y tenant plus, oubliant peine et rancune, elle se faufile hors de sa retraite et va rejoindre les autres; autour de la table, on attend le retour des trois hommes.

— Papa! N'as-tu rien entendu?

Amédée prête l'oreille:

— Qu'est-ce qu'il y a? s'impatiente-t-il.

— Je crois avoir reconnu la voix de Martin... Voilà! Encore!

— Oui! Oui! confirme son père. Cette fois je l'entends!

— Ohé! Ohé! signalent-ils à l'unisson. Nous sommes là!

Martin émerge bientôt des ténèbres, complètement trempé, l'air épuisé:

— Papa, Victor! Vous êtes venus... crie-t-il.

— Mon Dieu! Que t'est-il arrivé? s'enquiert monsieur Monger en accourant vers son fils.

— Je... je... m'excuse de... vous avoir... causé... du trouble... halète le garçon, visiblement essouflé.

— Que t'est-il arrivé? le presse son père, curieux.

Ragaillardi par un bain chaud, Martin relate consciencieusement l'aventure à sa sœur. Ils causent à leur aise dans la chambre de celle-ci car la famille dort, épuisée et rassurée: dès l'arrivée du trio, l'adolescente a promis de rendre compte aux siens de ses occupations mystérieuses à condition que son frère lui serve de médiateur. Ce dernier avait positivement manifesté la joie et la fierté procurées par cette responsabilité. Assis sur le lit, un chocolat chaud entre les mains, Martin poursuit son récit tandis que s'ébauche l'esquisse d'une amitié neuve :

— Alors j'ai crié : «*Qui* est là ?» N'obtenant pas de réponse, j'ai attendu quelques instants; puis, croyant entendre la *chose* s'éloigner, j'ai enfoncé la porte d'un coup de pied. Dehors, tout était noir. Je ne distinguais rien mais le bruit me guidait. J'ai couru derrière *lui,* à l'aveuglette, sans réussir à *le* rattraper : *il* a subitement pris de la vitesse en descendant l'escalier et s'est précipité dans la mer. Quand j'ai atteint le bord de l'eau, c'est à peine s'il restait quelques bulles à la surface.

— Pourquoi, ensuite, cette course vers l'Anse de l'Est ?

Martin rougit légèrement, réfléchit. Il argumente enfin, d'une voix étudiée et respectable :

— Bof... Je craignais que cette *chose* marine ne soit agressive et ne m'attaque en mer, profitant des avantages de son élément. Je...

Voyant le garçon plaider le bien-fondé de ses frayeurs, Monia éclate de rire, irrévérencieusement. Ses boucles noires dansent autour de son visage. Il y a longtemps qu'elle n'a paru aussi radieuse. Martin, vaincu par tant de spontanéité, oublie sa réputation et pouffe également.

Ils discoururent jusque tard dans la nuit.

X — UN CADEAU RÉVÉLATEUR

Aujourd'hui, lundi, Martin regarde les vagues, assis sur le dernier gradin du grand escalier de pierre qui descend vers la mer. Monia, à ses côtés, reste silencieuse. Ils attendent. On les devine armés de patience, car le premier est mû par la curiosité et la seconde absolument confiante.

— Tu verras, tu comprendras tout... a juré Monia.

Elle porte autour du cou le lacet de cuir, garni d'une dent d'ours, dont son frère lui a fait cadeau au terme d'une longue conversation. Il l'a finalement convaincue de son amitié et obtenu, en échange du précieux trophée, la permission de l'accompagner lors d'une *rencontre*. Mais la jeune fille a catégoriquement refusé de lui divulguer son secret avant qu'il n'ait, de ses yeux, vu ce qu'elle a déjà vu.

— Tu ne me croirais pas, a-t-elle expliqué.

Le garçon ignore toujours de quoi il s'agit et l'anxiété le consume à mesure que les minutes s'écoulent.

Une demi-heure s'achève.

Une heure.

Deux heures. La mer, égale à elle-même, lèche inlassablement les rochers ; l'eau a recouvert la dernière marche de la terrasse, obligeant les adolescents à s'installer plus haut. Cependant, hormis le mouvement de la marée, rien ne se produit. Martin observe Monia, cherchant à lire ses pensées. Cette dernière, pourtant, semble sincère : en aucun temps elle n'a paru embarrassée de ce *rendez-vous* manqué ; au contraire, elle manifeste des signes d'inquiétude et de déception certaine.

Néanmoins, le garçon perd peu à peu intérêt à cette attente vaine et monotone. Partagé entre le respect juré à sa sœur et la crainte d'être victime d'une imposture, il préfère rentrer au village.

— Je m'en vais, marmonne-t-il en se levant, en mettant juste ce qu'il faut de mauvaise humeur dans sa voix.

— Ah ? s'étonne Monia.

Puis, avec un sourire triste :

— Je savais bien que tu ne me croirais pas.

— Je n'ai pas dit ça !

— Je le vois parfaitement. Je suppose que tu es fâché aussi.

— Mais non ! assure-t-il de nouveau, peu convaincant.

— Oui tu es fâché. C'est normal... tu sais, peut-être n'est-*il* pas venu à cause de toi... Je me doutais que ça ne fonctionnerait pas... Écoute, je ne te dois rien mais...

Monia se lève à son tour, fouille à l'intérieur de sa chemise, en retire un objet qu'elle dépose dans la poche du pantalon de son frère.

— Tiens, prends ça et va-t-en. Je resterai encore un peu. Promets-moi de ne plus me poser de questions.

— Mais...

— Promets-le...

— Bon, d'accord.

Le garçon s'éloigne, pressé de regarder ce qu'on lui a remis. Bientôt seul, il tire de son jean un lacet de cuir joliment tressé. Une griffe de loup-marin y est fixée.

Les traces de griffes, l'incursion de Monia sur cette plage jonchée de détritus, la barque ramenée au rivage, son expérience personnelle, tout lui revient en mémoire. Sa sœur a raison... Qui croirait pareille histoire? Pourtant, le soir, à la veillée, on raconte parfois des faits bien étranges... des faits étranges mais vrais...

AUTRES SAISONS

Jusqu'à la neige, Monia accomplit fidèlement ses promenades sur la côte. Martin la soutenait, sa famille la tolérait. L'ébruitement de la vérité avait calmé ses parents et neutralisé les rumeurs du village. Certains acceptaient la version de Martin, certains réfutaient cette histoire abracadabrante, d'autres hésitaient, pesant le pour et le contre. Il persisterait toujours un doute puisque personne ne pourrait nier ou prouver le fait. Ce point obscur tracassait monsieur et madame Monger qui guettaient patiemment l'instant où prendrait fin cette habitude solitaire.

La venue de l'hiver espaça les promenades et la neige abondante les interrompit.

Puis, le dégel charria à nouveau des bancs de glace grouillants de loups-marins. Cette année-là, Monia suivit anxieusement les activités de la chasse, arpentant les quais, flânant dans les hangars, rôdant autour des chaloupes chargées de dépouilles. Les chasseurs ne lui prêtaient guère attention, absorbés par leur rude gagne-pain. Et puis, de longs mois de froidure avaient blanchi les mémoires, effaçant les événements de l'été.

Les vents soufflèrent favorablement et la meute de loups-marins s'approcha de la côte. La chasse fut

excellente. Lorsqu'elle s'acheva et que la neige, par larges plaques, fondit et libéra la toundra, Monia ne retourna pas à la cabane à Marcoux. Elle ne s'y rendit plus jamais.

Sur le lacet de cuir, de chaque côté de la dent d'ours, elle avait enfilé deux autres canines, plus petites.

Deux dents de loup-marin.

TABLE DES MATIÈRES

Achevé d'imprimer à Montmagny
par les travailleurs des ateliers Marquis Ltée
le deux décembre mil neuf cent soixante-dix-neuf